KB089090

독고 2

독고
2
4
민 글
백승훈 그림

안 보이는데?

아… 씨.
어디 간 거야?

여기도 아니지?
아 놔…
왜?
야. 저기…
어?
형님!

뭐… 뭡니까? 눈이 왜?
설마 병건이한테 당한 거예요?
…
뭐야, 이거? 핀데?
칼에 맞은 거 아니에요?
됐다. 비켜.

그러면 형사님 귀에
들어가고 자책하실 게 뻔한데
내가 미안하게 된다.
거기다 그러면 날 말리겠지.
이제 이런 짓은 못 하게 할 거야.

그런데
그럴 수가 없게 되었어.

나도 이제 화가 났으니까.

형님.

심하게 찔린 거 아니야.
호들갑 떨지 마라.

내가 연락하기 전까지
나한테 구역 정보 보내지 마라.

예… 옙.

한 명 한 명 넘기는 건
순조로웠다. 그러니까 세 명을
모아 나에게 대응했다?

김종석이 브레인이라고 했었나?
그 녀석의 머리에서 나온
대응이라면 빠르고 정확했다.
쉽게 보면 안 되겠어.

형사님 도와준다고 시작했는데…
이젠 내 자존심이 멈추라고 허락하지 않아.

끼익
철컥
삑
삑
삑

어? 이사님.

누워 있어.
병원에 데려가야겠지만
상황을 좀 알고 싶어서
내 집에 데리고 왔어.
이, 이사님…
누가 이랬지?
모… 모르겠어요.

얼굴 못 봤어?

마스크로 얼굴을
가리고 있었어요.

그래.
이 표정. 난 이거 보는 게
제일 좋더라.

딴짓 안 하니까
그건 걱정 마.

왜… 왜 이래요?
이것도 인연인데 다음에 또 만나면 아는 척해줘. 난.
독고라고 해.

독고?
네.

누군가 강혁을 함정 속에 밀어 넣으려는 거로군. 나한텐 괜찮은데?
그 녀석이 너를 겁탈하거나 그러진 않았어?

자긴 DNA 남기는 짓은 안 한다고.
그냥 때리기만 했어요.

어쨌든 얠 노리는
놈들이 있다는 거잖아.
천천히 삼키려고 했더니
빨리 찜해놔야겠어.

그래도 다행이다, 유라야.
사실 걱정을 많이 했단다.

고… 고맙습니다.

이러면 안 되는데
사실 네 밝은 모습에 마음이
많이 끌리더구나.
내가 널
사랑하는 것 같아.
이, 이사님.
네가 다친 모습을
보는 내 마음이 이렇게
아픈 걸 보고 알았어.
아…
유라야.
난 내년이면 학교를 떠난다.
너만 괜찮다면 우리 사귈래?
네?

너도 날 그렇게
싫어하는 것 같지는 않은데?
내 착각이었으면 이만.
아니요.
조, 좋아요.
고맙다.
정말 끔찍한 하루라고 생각했는데…
이런 반전이 있을 줄은 몰랐어요.
그래. 나도 몰랐다.

이… 이사님? 이사님! 앗!

어제 일 때문에 그래?
유라, 병원에 보내려는데
지가 집에 가겠다고 갔잖아.
예.
톡도 이렇게 잘 오고.
유라, 굉장히 행복해 보이지?
예.
오케이. 사귀자고 했을 때
좋다고 했고 함께 잠을 잔 다음 날
이렇게 자연스럽게 카톡도 주고받고
내 잘못 아니라는 증거는 다 모았다.
그지?
예?

네 동생 병원에 데려갈 거고
네 돈도 다 갚아줬지?

예.

고년 이제 떼야지.
은혜를 갚으렴?

!

그 표정은 뭐야?

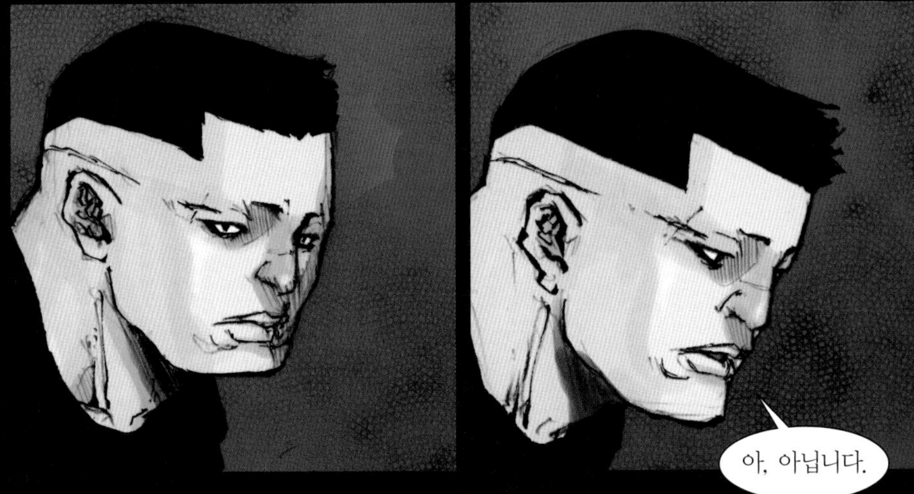

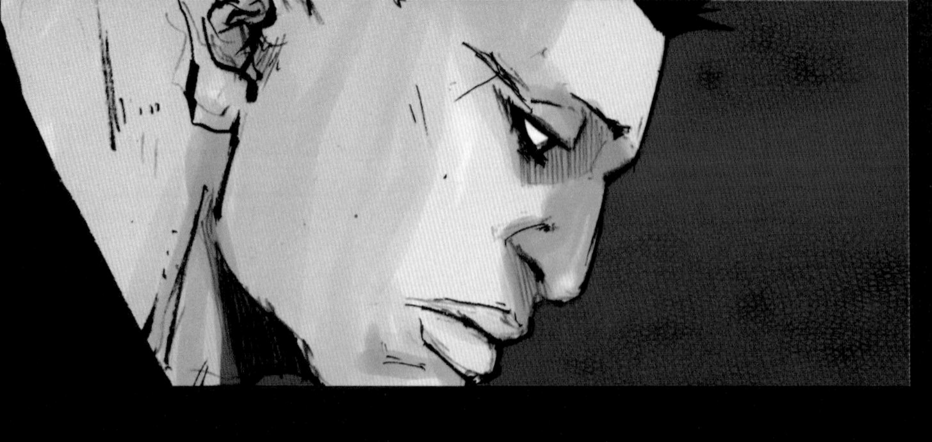
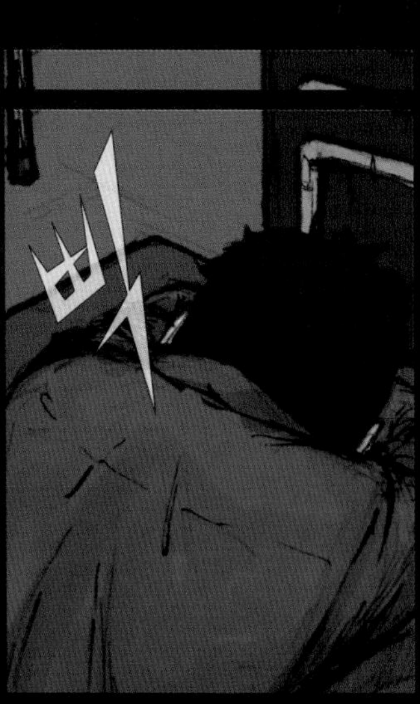
빡

이게 뭐야?
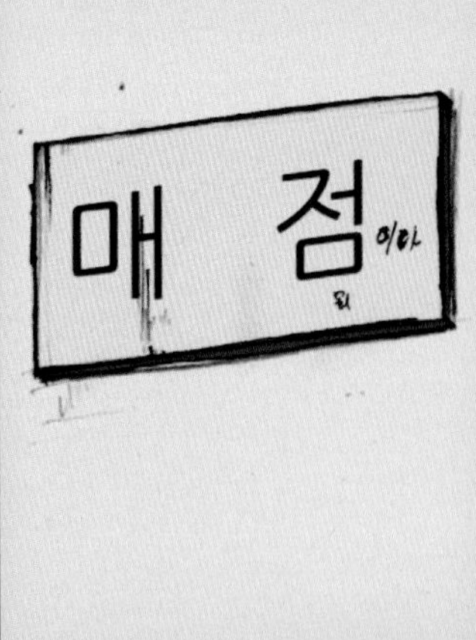
매 점

무슨 일이야?
오늘 저녁 서북고연 긴급 이사회가 있다.
근데?
종석이가 각 학교 구역 담당들한테 직접 전할 말이 있대.
응?
오늘 저녁 시간 내.
뭐 그런 얘기를 직접 하고 그러냐? 그냥 톡으로 남겨 놓을 것이지.
그래도 우리 학교 3짱인데 1, 2학년 대하듯 할 순 없지.
알았어. 나중에 보자.
상대야.

1학년 짱
배한규 말이야.
돈을 자꾸 삥땅 치는 것 같아.
어떻게 생각해?
뭐지? 알고
이야기하는 건가?
아닐 거야.
그렇겠지?
나중에 보자.
어… 어.

상대 갈구는 거 보여주려고 나 불렀어?

석호야.

나한테 불만 많은 것 같던데 네가 한번 해볼래?

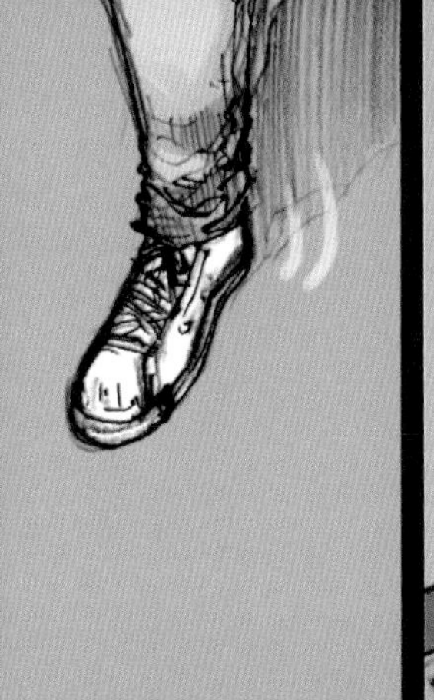

후레쉬맨

신호등 같아서 창피하단 말야
알지도 못하면서
두근
결속력 쩔어 보여요!

내과
이지웅

스윽

응?

외래 시간 아닌데?

죄송합니다. 제가 아는 의사가 없어서. 돈은 따로 드릴게요.
아프면 원무과 접수하고 와.

어머니가 알면
걱정하실 것 같아서.
칼에 맞았거든요.
칼?
광민이한테
알려야겠다.
자, 잠깐만요.
왜?
형사님한테
알려지면 제가 더 이상
뭘 할 수가 없어서…
…

도와주십시오.
이건 외과에 가야지.
너 내가 내과의인 건 알고 있냐?
이 정도 처치는 의사 아무나 다 해. 심한 건 아니고 아물기 시작했으니 꿰맬 필요는 없다.
죄송합니다.
아니야.

…
항생제 처방받으려면
몰래 치료는 안 되겠는데?
병원 직원 할인
적용해주마.
방법이 있어.
저기… 어머니나
형사님한텐 아무 말
안 하실 거죠?
탁
말이 나왔으니
말인데 이야기 좀 하자.
광민이한테 이거 말하지
않는 조건으로.

어머니가 치료를
거부하신다.

빨리 죽어야 후를 빨리
만날 수 있다고 그러셔.
!

예?

환자가 어떤 마음을
먹느냐도 중요하거든.
그래서 그런지 진행 속도도 빨라.

솔직히 이 상태면 언제
어떻게 될지 나도 장담을 못 해.
제 이야긴…

…없었습니까?
말씀해주십시오.
듣지 않는 게
좋을 텐데.

선생님. 전 죽는 게
두렵지 않아요.

제가 가는 곳에 후가
기다리고 있을 테니까.
후를 만날 수
있을 테니까요.
우리 후가 오매불망
저를 기다리고 있을 테니까요.
혁이는 어쩝니까?
혁이?

아무리 노력해도 혁이는
후가 될 수 없어요.
혁이는…
원래 후랑 달라요.
내 주제에 누굴 돕는다고.
공부나 했어야 하는 건데.

나한테 불만 많은 것 같던데.
네가 한번 해볼래?
상대 까는 거. 이사회 지분 나눠달라고 했지?

이거 뒤탈 없이 하면 나눠줄게.
그렇다면 뭐.

안 좋습니까?

일단 내보내고
이야기하지. 수고했어요.

감사합니다.
그런데…

응?

푸른이 오빠는요?

안 그래도 되는데…
이제 나갈게요.
꼭!
꼭 전해주세요.
오빠한테
너무 고마워한다고.
이렇게 좋은
분을 만나게 해줘서
너무 감사하다고.
그러지.

인사 좀 받아주지
그랬어?
보지도 못하는 앤데
상관있나요?
맹인들은 감각이 좋아.
어쨌든
가능성은 있어요?
반반이다.

반반이면 되는 거군요.
의사들 잘못될까 봐
몸 사리는 거야 뭐.

이 자식이…
일단 대기자에 올려야 되는데
국내 대기는 몇 달이 걸릴지
몇 년이 걸릴지 한정이 없어.

수입하면
조금 기간을 당길 수 있다.
수입하는 운송비 등은
네가 내야 하는 거고.
뭐 그렇게까지 하면서 치료할
애는 아닙니다. 내 가족도 아닌데
웃돈까지 쓸 필요는 없지요.

그래? 그럼
뭐하러 데려왔어?

노력하는
모습을 보여주려는?

무슨 소리야?

갑자기 이상한 년이
나타나서 방해했어. 엄청 잘 쳐서
어쩔 수가 없었어.

으… 응?

도대체 넌
어디다가 쓰냐?

완전 쓸모없어,
이거.

어휴. 진짜.

가라, 가. 넌 이제
안 부를 거니까 꺼져.

야! 잠깐 스톱.
응?

너 방해했다는 년
찾을 수 있어?

뭐야?

나 김종석. 너랑은
얼굴만 몇 번 봤다. 그치?

네가 제갈량이라며?
네 머리에서 판 다 짠다고 그러던데?

제갈량이면
인문계 갔지.

야.
왜?

이사회를 여기서 해?
오늘은.

…

그냥 올라가자.

머리 굴리지 말고.

저벅
저벅

저벅
저벅

오… 우리
상대 오셨어?
야. 분위기 이거 뭐냐?
다른 학교 구역 담당자는?
없어. 여긴 너만 와.
아… 종석아. 올만이네.

상대야.
응?

사실은 말이야.
내가 너만 빼고 다른 학교는
구역을 바꿨어.
응?

널 의심해서는 아니야.
그냥 학교별로 돌아가면서
테스트해보려고 했던 거거든.
…

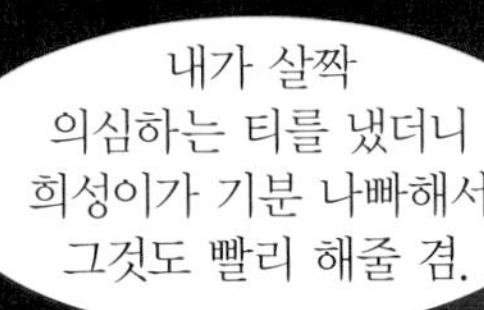
내가 살짝
의심하는 티를 냈더니
희성이가 기분 나빠해서
그것도 빨리 해줄 겸.

근데 어제 독고가 걸렸네?
딱 너만 아는 곳에서.

야. 씨발. 뭔 말인지 모르겠다. 너희 뭐야? 장난하지 마.
휴대폰 내놔봐.
아 놔. 진짜 아무것도 없어.
미친…
톡이랑 문자, 통화 기록 다 지웠네?
원래 주기적으로 다 지워.
됐고. 비켜.

넌 또 왜 그러냐?
야! 박석호!
독고 어디 있어?

아, 그건 상관없어.
뭐가?

독고 이번에 칼 맞고
눈두덩이도 찢어졌대.

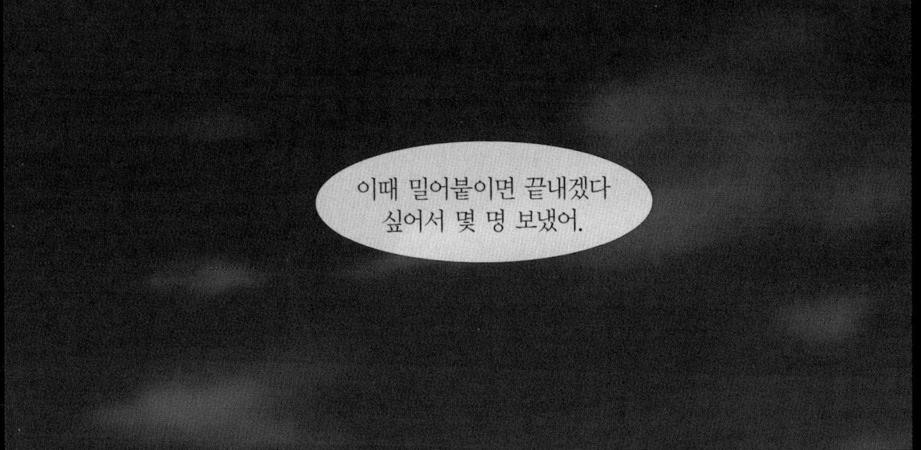

뭐야? 이것들 어디 갔어?

저건 뭐야?
낯이 익은 놈인데?

또 너냐? 이번엔 이상한 형제 놈들 안 부를 거지?

저거 나한테 한 대 맞고 튀었던 놈 아냐?
그렇게 기억하고 있구나? 그 전에 모래 뿌리기에 당했었지. 근데 내가 두 번 당할 것처럼 보이나 봐?

야! 독고 어디 있어?

독고?
우리 학교 원수 갚아야 되니까 데리고 와. 나 한창 전체 짱이니까 덤빌 생각하지 말고.

원수? 나한테 선비질이더니 혼자 뭘 하고 다닌 거야?

어이. 대답 안 해? 쫄려서 얼었냐?

웃어?

좋게 말로
하려고 해도 꼭 이런다?
그냥 처맞으려고.
그래?

상대야. 난 또 너한테서
독고 찾아내는 건 줄 알았더니
그냥 밟으라는 거였나 보다.

이 씨. 난 모르는
일이라니까!

그건 또 아니야.

뭐?

너 왜 독고한테 붙었어?
너 말고 또 붙은 애 있어?

야. 답정너야?
답을 아예 정해놓고 물어보네?
난 모르는 일이라니까.

석호야.

우당탕
턱
정직한.

어린이가.

콰직

그때 처발리고 또 입을 터는 거야?
내 뒤에 너 바를 사람 있다는 거 잊었어?
그랬지. 적당히 두들기면
자꾸 보복하려고 하는 걸 알았어.

그래서 이번엔 아예
박살을 내볼까 하는데?

개허세하고는.
야. 뭐 보고 있냐?

밟아!

콰

끄악!

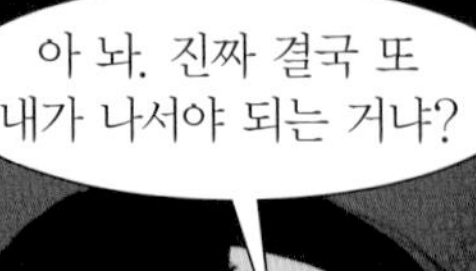
아 놔. 진짜 결국 또
내가 나서야 되는 거냐?

콰직

이야아!

헉

!

두 번 당하지
않는다고 했을 텐데?

으라아아!
다다다

콰아앙
콰직
콰직

콰직
끼아아악!
콰직

난 원래 광주 사람이다.
끄으으으.

광주에서 사고 치고 삼촌이 사는 대전으로 전학 갔지. 그런데 거기서도 또 사고를 쳤다. 마지막으로 이모가 사는 서울로 전학을 왔어.

갑자기 무슨 소리야?

그런데 거기서도 작년에 잘렸다.
그 후로 다짐했어. 두 번 다시 그런 식으로 싸우지 말자. 이번이 부모님이 나에게 거는 마지막 기대니까.

그런데…

너희가 나를
가만 두질 않는구나.

저 자식.
건드려선 안 될 사람을
건드린 게 어떤 건지 이제
알게 될 거다.
느낌이 안 좋아.
이건 정말…
개허세 봐라!
난 네가 발린 거 다 봤어!

그래. 그 두 놈 협공은
정말 무섭더라. 그건 인정.
근데 넌 좆도 아니지.
개새야!

끅.

커헉!

잘 가라.

쾅
쾅
쾅
쾅

아아악!

쾅

한창공고 짱이라고 했어?

오늘부로
한창공고 짱이란 존재는
사라진다.

이 씨!

틱
틱
틱
?

왜지? 왜 이 정도에
이렇게 어지럽지?

쩌억

와당탕

야! 튀어!
?

어? 뭐야? 이것들.
독고 찾던데?
나도 보고 싶고.

뭐? 너 실망했다고
하지 않았냐?

오해한 거 같아.
연락 좀 해줄래?

벌써 기절하면 어떡해?
사나이가 근성을 보여야지.
난… 아무것도 모른다니까?
너희 지금 생사람 잡는 거라고.
아직 견딜 만한가 본데
이제 시작이야.
나한테 뭘 바라는 건데?
자백. 네가 독고랑
붙어먹었다는 자백.
야 씨. 아니라니까!
그래! 내가 한규 시켜서
삥땅 친 건 맞아!
근데 네가 생각하는
그건 아니라고!

진짜라니까!
너희 뭔가 오해한 거라고.
내가 잘못한 건 맞아!
근데 그건 너희가 생각하는
그게 아니라니까?

잠깐 스톱.

야. 김종석. 만약 네가
잘못 생각하고 있는 거면
보상 어떻게 할 거야?
내가 실수할 리가 없다니까?

만약에 실수한 거면?

…

네 말만 듣고 내가
우리 학교 3위를 잡고 있는데
만약 아니면?
이번 달 우리 학교 몫
전부 다 줄게.
보성이 허락 없이 그게 돼?
안 되지.
근데 내가 틀릴 리가 없으니까.
미친놈아!
뭐가 틀릴 리가 없어?
야! 강희성.
너도 같은 학교끼리
그러면 안 돼!

내 말을 들어야지. 저딴 새끼 말을 듣고 있냐?
석호야. 잠깐…
뭐야?

지금 이 새끼 발광하는 게 통하는 거야? 지금?
상대야.
응?

너 지금 거짓말하는 거면 죽는다.
아니라니까 그러네.

따리리리
상대 거다.
최성용이라는데?

받아봐.
스피커폰으로.

뭐?
나한테 관심 보이는 애가 있기에 찍어놨었거든. 천천히 삼키려다가 상황이 좀 급해서 후딱 처리했지.
야아… 부럽네. 근데 나중에 문제 생기면? 미성년자잖아.
만 13세 이상부터는 성에 대해 자기 결정권이 있어. 둘이 좋아서 잠을 잔 거면 죄 아니야.
그래? 근데 뉴스 보면 시끄럽잖아.
성적 자기 결정권에 반해서 강간을 할 경우가 시끄러운 거지.
아니면 만 13세도 안 된 어린애와 잠을 잤거나. 그때는 서로 좋다고 해도 강간이거든.
그럼 문제없는 거지?
서로 좋아한다는 증거는 남겨놨어.

야… 법 아는 녀석은
빠져나갈 구멍 확실하구나.
이 정도면 이사와
학생의 러브 스토리로 애틋하게
만들 수도 있는 거 아냐?
빠져나갈 구멍?
법적으론 그렇다 치고
도덕적으로 비난받을 수 있잖아?
네 명성에 흠이 될 텐데?
그래서 개 한 마리를
키우고 있어.
개?
더러운 짓을 대신해줄 개.
문제 생기면 네가 키우는
개가 다 덮어쓰는 거야?

그래. 싸움은 언제나
을끼리 하는 거야. 우리 같은 사람은
높은 곳에서 아래를 내려다보며
싸움을 붙이며 놀면 되는 거지.

하여간 너하고 만나면
배울 게 많아 좋다.

생각도 못 한 걸
깨닫게 해준다고 할까?

그거 못 막아준다고
했을 텐데?

안 들키면 되는 거지.
돈은 많고 할 짓은 없고
내 인생에 자극이 되는 건
이런 거밖에 없다.

...

이번 주말에 연예인들
몇 명이랑 파티할 건데 올래? 내가
스폰하는 애 소개시켜줄게.

대마 파티면 난 됐어.

킥킥킥.

쫄보였어?

!

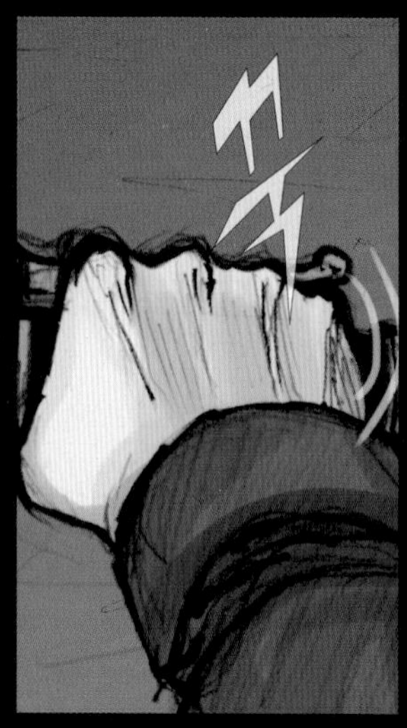

부아앙

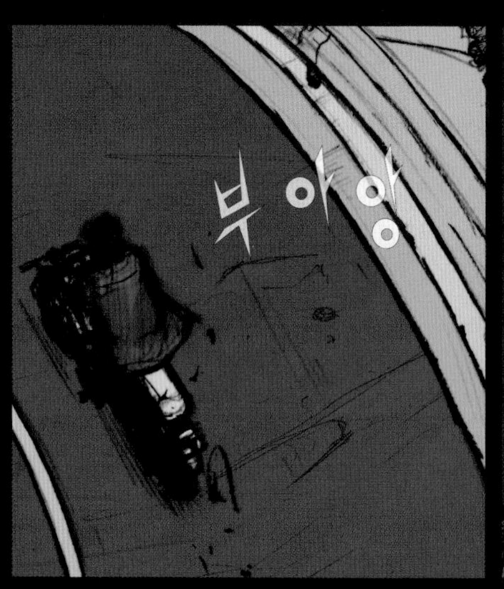
부아앙

여어!

어떻게 된 거야?
끼익

작년 태산고 사건 났을 때 경찰 조사 받으면서 안면 텄잖아.
그건 아는데 너희 원래 친했었냐?
내가 학교 간다고 집 나와서 갈 곳이 없어서 그냥 들러붙었다. 밥 몇 번 사니까 목숨까지 줄 수 있다던데?
뭐? 뭐 인마? 너도 갈 곳 없어서 헤매다가 우리 아지트에 와서 끼워달라고 불쌍한 얼굴로 비굴하게 막 두 손 모으고 빌었잖아!
진짜?

MSG 치사량이다.

빵 한 봉지 주니까
친구 하자고 했던 사람이
어디 간 모양이네?

어휴. 쉬운 새끼.
탁
앗.

왜 보자고 했어?
너 뭐 하고 다니는지
대충 짐작 가는데 같이하자.
너 혼자 언제 다 할래?

아직도 나 못 믿냐?

그런 거 아니다.
경찰에 신고해. 난 칼 맞아서
당분간 회복해야 돼.

카~알?
시끄럽게 굴지 마라.

어떤 시키가
네 몸에 칼을 박아?
미친 거 아냐?
너야말로 경찰에
신고해야 할 것 같은데?

난 사정이 있어.
근데 너 뭐 하냐?

종일이냐?

야! 혁이가 칼에…

아무것도 아니다.
넌 공부나 해라.
잠깐만.
혁아. 잠깐만!
응?

너 빼고 며칠 전에
다 모였었는데 전박사에서.
그랬어?
우리 얼굴 한번 봐야지.

어… 근데 그때 네 여친이
나 학교 이름 듣고 좀 표정이
안 좋았는데 만나도 되겠어?
안 그래도
그 이야기도 할 겸.
얼굴 한번 보자.

혁이 칼에 맞았다고!

못 들었잖아!
다시 걸어!

종일이한테
쓸데없는 소리 하지 마.
왜 그러냐? 진짜.

밥! 밥! 밥!

그렇게 밥 밝히는 본환이는

세월이 흘러 결국…

밥 아저씨가 됩니다.

여보세요?
야. 상대야.

아직 독…

야 이 개새끼야.
너 뭔데 전화질이야?
빨리 안 끊어?
좆도 아닌 게 누구한테
엉겨 붙어?

퍼억

차아악

이게 미쳤나?
욕을 하고 있어?
또라이야.
독고 형님 아직
소식 없어?

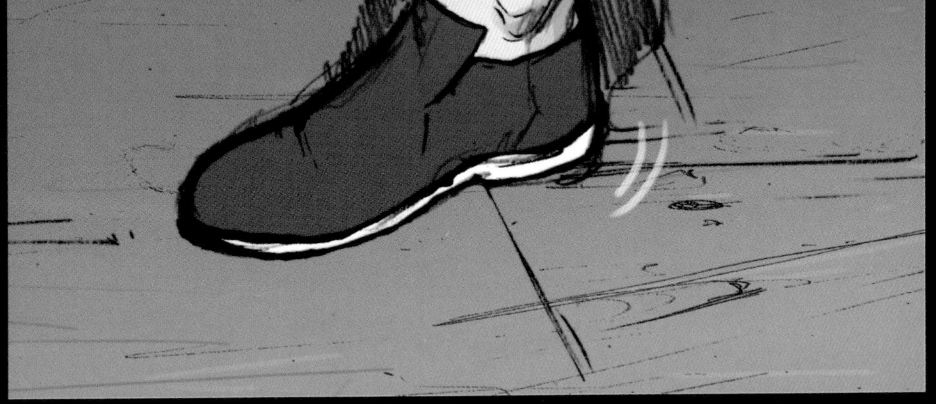

쌍년…

외롭게 만드네.

뭐 하냐?
아직 일 안 끝났어?
일은 끝났는데 왜?

일루 와라.
얼굴 보자.
…
왜?

혹시 우리
사귀는 건 아니지?
미친… 헛소리하지 말고 와서
나랑 좀 놀아. 혁이는 공사다망하시고
종일이는 여시 같은 게 옆에 있을 테니
너밖에 없잖아.

뭔가 떨이
취급받는 기분인데?
떨이 맞아.

팩폭 좀 자제해줄래?
근데 혼자 잘 있는 것 같더니?
전에 본 슬기 있지?

이게 자꾸 왔다 갔다 하니까
얘 가고 나면 허전해서 그래.
없을 때는 나 혼자 아무렇지도
않았거든?

근데 이게 하루 종일
삐대다가 집에 가면 내가
막 심심해지는 거야.

이놈이 사람 막
외롭게 만드는 거 있지?
자꾸 이러니까 혼자 남아서
집에 있는 것도 답답하고.
…

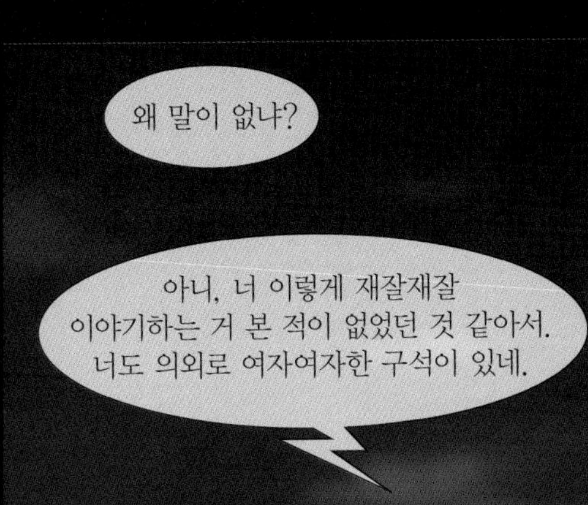
왜 말이 없냐?
아니, 너 이렇게 재잘재잘 이야기하는 거 본 적이 없었던 것 같아서. 너도 의외로 여자여자한 구석이 있네.

의외로…? 이 새끼가 뒈지려고.
하하핫. 근데 나 거기 가려면 한 시간 걸린다.

씻고 아이라인 좀 그리면 대충 시간 맞겠다. 내가 가도 되고.
알았어. 어디?

셰프 드 파리라고 스테이크 써는 데 있어.
…

돈 내라고 안 할게. 거지야.
이따 보자.

띠리리리

BUS

응. 종일아.

혁이 칼에 맞았다는데?
뭐? 어떤 쌍놈의 시키가?
몰라. 안 가르쳐주려는 눈치야. 나도 혁이하고 통화하는데 본환이가 옆에서 소리쳐서 들었어. 혁이는 자꾸 숨기려는 것 같고.
이 시키는 왜 말을 안 해? 좀 이따 한솔이 만나기로 했으니까 한솔이한테 물어볼게.
나도 갈까? 서희 오늘 제사라서 시간 돼.
응?
그, 그래. 와.
알았어. 난 가까우니까 내가 먼저 도착하겠네. 톡으로 장소 지도 보내줘.
Supreme

왜 방해받는
기분이야?

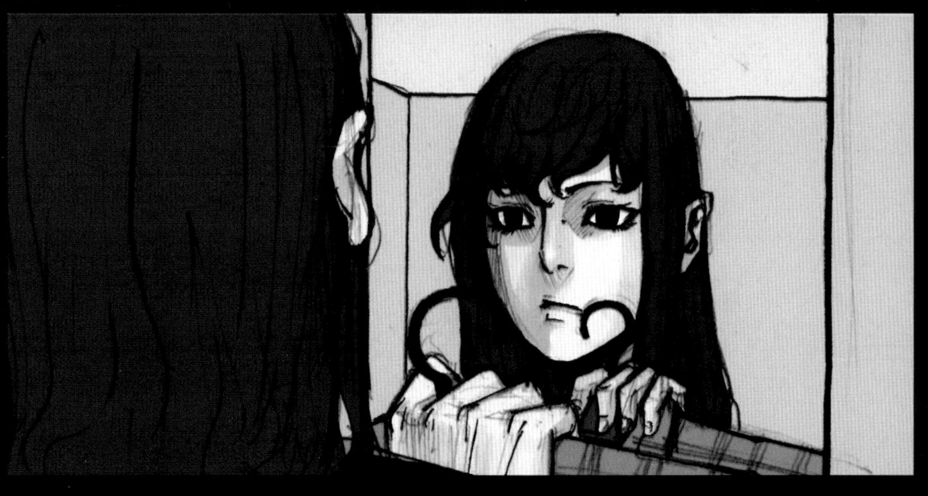

하아… 입을 옷이 없네.

끼익

K-M

저거 맞지?
맞아.

저기. 저거.

오케이.
뭐? 너도 와?
아 씨… 뭐…

빨리 와라.

전화 끊어.

변태네.
상황 파악이 안 되니?

얼굴 갈리기 전에
퀴즈가 있다.
이놈이 자꾸 왜 이래?
지금 장난 같냐?

내가 너하고 부딪히기 전에
뭐라고 말하려 했을까?

이게 근데…
땡. 정답은.

야!

뭐? 너도 와?
아 씨… 뭐…

Supreme

뭐?
있어봐라.
드립이 생각이 안 난다.
콰직

띠리리리
응. 뭐?
왜?

일한이 민협이 이세운한테 개털렸단다.
이세운?

자세한 상황은 나중에 들으면 되고 중요한 건 독고 사냥 실패했다는 거. 독고에 이세운이 붙었다는 거지.

그쪽도 팀을 만들고 있는 거란 말이지?

아직 팀이라고 할 건 없어. 상황 파악부터 해야지.
하긴. 뭐 어떻든 상관없잖아. 팀 매치라고 해도 우리가 압살할 건데.

어쨌든 상황이 바뀌었으니
다른 방향을 생각해야겠어.
일단 상대랑 조금 전 전화 통화
한 녀석부터 찾고.

상대가 시켜서 삥땅 친
배한규란 녀석도 필요해.

그놈은 왜?
같이 발라버려야지.
아니야.
이 분위기에서 용서해줄 테니
시키는 것만 잘하라고 해봐.

인간이 최선을 다한다는 게
뭔지 보게 될걸?
…

그래그래. 그러니까 나오게 해야지.
지금 부상 입었거든. 완쾌되기 전에 나오게 해서
손목이라도 부러뜨려놔야지.

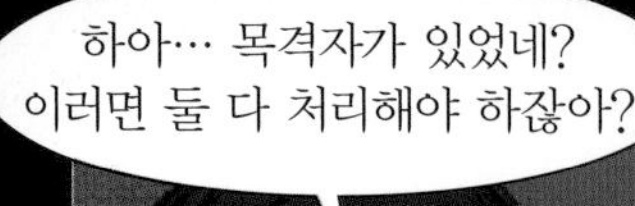

대사 잘못 읊은 거 아냐?
기집애처럼 생긴 게 허세를 부려?

…

너. 죽고 싶냐? 얼굴에 칼로 십자가 그어줘? 못할 것 같지? 좆만아.
그거 넣어. 함부로 쓰면 다쳐.

이 새끼가 근데 말하는 게 영…

반응도 못 하는 주제에
누구한테 가오를 잡아?
난 네 생각보다 훨씬 강해.
반응할 필요도 없던데?

지금 덤비겠다는 자세냐? 실력이 너무 없으면 상대방이 얼마나 강한지 모른다더니 그 짝이네, 이거.

와아! 개어이없어서, 진짜.
마지막으로 딱 한마디만 한다. 지금부터
일어나는 일은 전부 네 잘못이다.
난 분명히 경고했어.

넌 약속 장소로 먼저 가.

그래. 걱정 안 한다?
그래.

이것들이
사람을 뭐로 보고!
파
ㅅ
Supreme

시잇
시잇
칵

비틀
뭐야? 이거…
내가 너무 흥분했어.
생각보다 실력이 좋은 놈이야.
호흡 다시 가다듬고 신중하게.
숨 안 막히냐?
나 같으면 마스크 벗겠다.

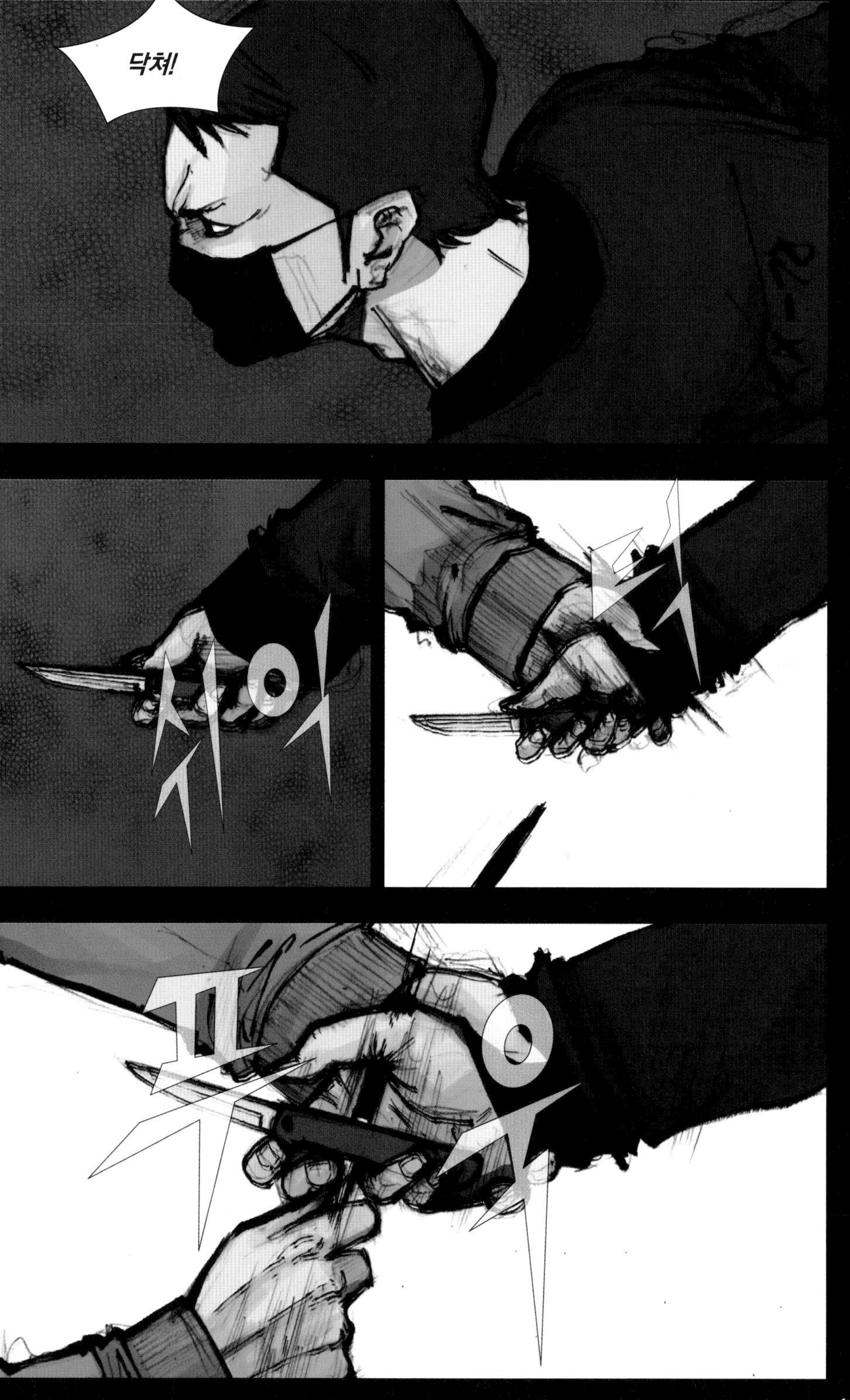
닥쳐!

탓

앗!

!

야. 뭐야?
지금 김다빈이 밀려.

이 동네 괴물만 살아?

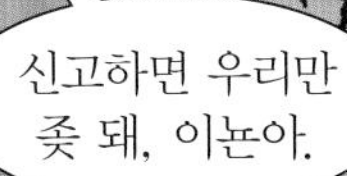

그럼 어떡해?

있어봐. 근처에
범구 대기하고 있을 거야. 우린
그 기집애만 잡으면 돼.

아… 진짜 땀 빼네.
종일이 이 시키.

여기가 어디냐?
전박사에서 두 블록 더 가서
별다방 옆으로…
니들 있는 편의점에서
돌아가면 별다방이 있고?

어디?
지도를 보내라고.

뭘 봐? 새끼야.
아, 죄송…

쓰벌.
네가 보여줄 건
다 보여줬냐?
이런 녀석이 어디서
갑자기 나타난 거야?
뭐?
그럼 이제 내 차례지?

네 차례?
끅…
쿨럭… 쿨럭…

너 싸움 정말 못하는구나?

몇 분이십니까?
세 명이요. 주문은
다 오면 할게요.
네.
어. 한솔아. 뭐?
알았다.

턱

두 번 다시 이 동네
얼쩡거리지 말고 꺼져.
하아… 하하…

너 내가 누군지 아냐?
몰라.

난 독고다.

이제야 좆 됐구나 싶냐?
응.

독고 이름 파는 거 보니
너 진짜 좆 됐구나.
뭐?

야! 너 뭐냐?
지금 발리고 있냐?
발리긴 누가!

야. 내가 도와줄게.

악

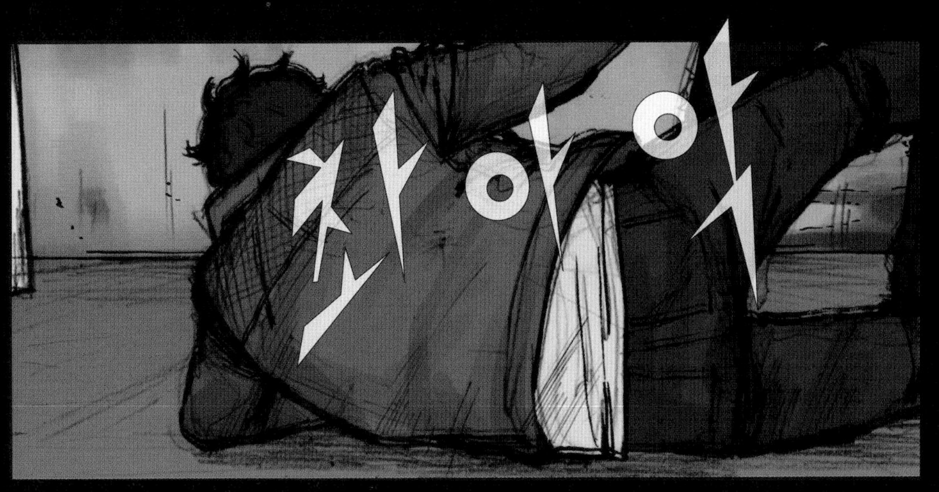

뭐야?

왔어? 빨리 왔네?

중간에
택시 타고 왔다.

중간에?

여기까지 택시 타면
돈이 너무 많이 나와서.

이 개새끼들이 우리 앞에서
지들끼리 노가리를 까?

야.

뭐 하냐? 넌. 아직
안 끝내고 빌빌거리고 있냐?
지가 지 입으로 독고래.
세워놔야겠다.
무슨 일인지
알아봐야지.
이것들이 끝까지
없는 사람 취급해!
이쪽은 내가 맡을게.

부웅
부웅

쿵

여긴 끝났다.

콱

여기도.

넌 기절하면 안 돼.
어떻게 돌아가는 건지
얘기해.

이런 굴욕이…

그건 저것들한테 물어.

다다다
!
야야. 놓쳤잖아.
그 녀석 있잖아.

이 녀석 깨워서
물어볼 필요 있어?
무슨 얘기야?
직접 물어보면 돼.

시키는 대로만 하면
이번 일에 대해 네 책임은
묻지 않겠다.
예… 예.

다시 걸어서
내가 시킨 대로 이야기해.
예.

저… 저는
상대 선배 후배인데요.
아까는 사정이 있어서.
여보세요? 네?

여보세요?
야 씨, 아까 뭐야?
욕지거리나 하고!

상대 선배가 좀 보재요.
강희성이 의심하는 것 같다고.
어…?
아까도 강희성이 옆에 있어서
그런 거거든요. 차후 대책에
대해 의논 좀 하재요.
근데 왜
직접 전화 안 하고?
사정이 있어서.
오면 지금 사정 다
말할 수 있어요.

어디로 가야 되냐?

일단 독고와 관련된
주변부는 전부 청소해야 돼.

골목은?

반씨 형제 힘 한 번 더 빌려야지.

둘이서 이세운 잡는 건
확인한 거니까.

진짜?

나도 추측만 하는 거야.
정확히는 몰라.

그럼 역시 혁이랑 만나야겠다.

만나서 이야기해야지. 뭘.
잠깐만.

띠리리리

여보세요!
예! 선배님.
저 희성입니다.
확인할 게 있다.
너희 혹시 독고와
관련되어 있어?
예? 무… 무슨
말씀이신지?
아니라면 다행인데
만약 그렇다면 당장 빠져라.
독고 건드리면 내가
직접 나설 테니까.

뭐야?
그래서 빠지려고?

종일 선배다.
김종일이라고.

야. 우리가
김종일 싸우는 거 봤을 때
우리 열일곱 살이었어.

…

2년이 지났다.
우리도 컸고 2년 전에
우리 실력이 아니야.

지금 김종일과 붙으면
작살낼 수 있는데 쫄고 있어?
…

네가 못하면 내가 할게.
김종일 유인해. 내가 발라줄 테니까.

웃어?
잠깐 스톱.
같은 편끼리 왜 싸우냐?

희성이는 김종일이라는 선배가
마음에 걸린다는 거지?
그래.
그럼 그 선배만
처리하면 되는 거야?
네가 하겠다고?
아니. 현덕고가.
이럴 때 쓰려고 현덕고 잡아놨잖아.
근데 김종일 어떤 스타일이야?
파워가 센 건 아닌데
빠르고 손에 뭘 들면
상대가 없어.
그럼 현덕고
김다빈 쓰면 되겠다. 김다빈한테
상대도 안 될걸?

그리고…
응?
독고 사냥은 빨리 끝내는 게 좋아.
종일 선배가 알게 되면?

어떻게? 혁이 부를까?
그래.
응.

근데 이상해서요.
상대한테 일 생긴 것 같아서요.
상대 꼬봉한테서 전화 왔는데
이거 딱 저 유인하는 거여서요.
끙… 자세하게 이야기해봐.
미친… 남자 새끼가
뭔 말이 이렇게 많아?
계속 통화 중이야.
혁이 이렇게 오래
통화할 사람이 있었어?
글쎄?
알겠다. 너 오라고
한 곳으로 내가 갈게.
두두두
뭔데?
너한테 설명하긴
길고 그냥 갈 데가 있어.

같이 가자.
너 옆구리 아프잖아.
괜찮아. 내 일이야.

한가지 정확히 하자.
내 일일 때 네가 도와주지 않아서
네 일까지 된 거야.

그러니까 네 일 아니야.
같이 가.
...

노안이라 그런지
꽤 어른처럼 이야기하네.
야!
꽉 잡아라.

부아앙
야! 어디 가?
같이 가!

가자. 최성용 잡으러.
조금만 걸으면 된다.
이 녀석은?

데리고 가자.
수틀리면 인질로 삼게.
독고 잡으러 가는 거지?

최성용 꼬셔서 독고
유인해서 독고 잡고 그걸로
꼬셔서 김종일도 잡고.

최소한 독고까지는. 걱정 마.
독고는 반씨 형제가 맡을 거니까.

큭큭큭…
이 새끼 머리 굴리는 거
되게 맘에 든다니까?
오늘 밤에 다 하는 거냐?

응?

문자 보내놨어.
돈 500 준다고.

야. 내가 발라준다니까?
너도 발라. 원한다면.

너희는 괜히 끼어들어서
다치지 말고 여기 있어.
끼어들 생각 없었거든?
우린 그냥 구경하러 왔거든.
그래, 그래.

너무 캄캄한데?
여기서 만나기로
한 거 맞아?
형님.

어떻게 된 거야?
형님.
아직 아무도 안 왔어요.
상대 폰으로 전화하면 꼬봉이
자꾸 받아요. 조금만
기다리라는데요?
후우…
진짜 상대
잘못된 거면 어떡해요?
너무 걱정 마라.
저쪽은 내가 오는 거 모르지?
예.
일단 숨어서 지켜보고 있을게.
무슨 일 생길 것 같으면
SOS 신호 보내.
예.
야. 오는 것 같은데?
숨어.
아니지. 오토바이 세워놨잖아.

한 대는 네 걸로 해라.
우리 내려갈게.
야. 내가 이겼다.
반씨들 건가?
아직 반환점이거든?
그냥 내기했나 본데?
그래도 한 대 남잖아?

그… 그거 내 건데?

그, 근데 이렇게
많이 올 줄은 몰랐는데…?

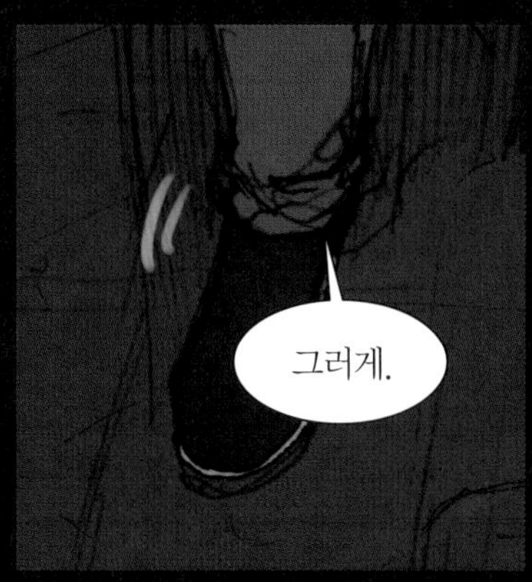
그러게.

넌 혼자고 우린 많으니까
이야기하기 편하겠다. 그지?

뭐?

말 안 들으면…

이렇게 해줄 테니까.

!

나한테 뭘 바라는 건데?
독고 불러.
연락 되지?
이 시간에?

응. 안 그러면
너 이렇게 돼.
야.
적당히 해라. 씨발놈아.

지금이 몇 시냐? 내일
네가 원하는 대로 해줄 테니까
잠 좀 자자.

뭐? 뭘 꼬나봐?
야. 최성용. 넌 집에 가.

저 녀석이 지 친구
보호하려는 것 같은데?

친구라?
기억도 못 하는 것 같던데?
어쨌든…

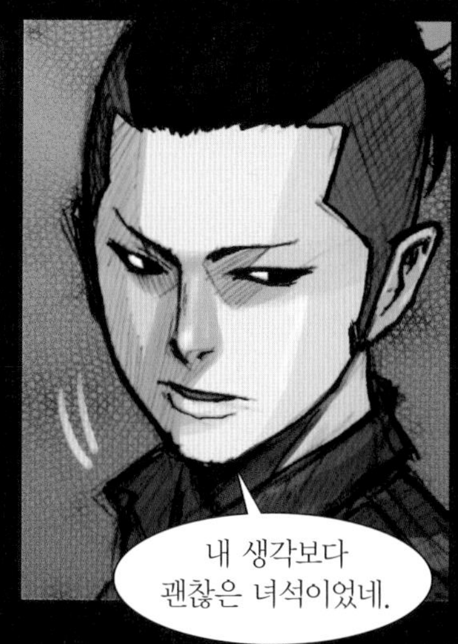
내 생각보다
괜찮은 녀석이었네.

반씨들 부른 거 아니야?
아니야. 독고 유인해내면 오라고 문자만 해뒀어. 확실해야 부르지.
으아아암… 반씨들 실패하면 내 차례다.
그래. 그래.

그 말 책임질 수 있어? 내일 우리가 원하는 대로 하겠다는 말.
퉤!

그래. 새끼야. 원하는 대로 해줄게.
독고 불러내면 되는 거지?
…

다른 녀석 건드릴 필요 없어.
내가 다 해줄 테니까. 됐냐?

좋다.
무슨 생각이야?
하긴, 시간 잡고 확실하게 하는 게 좋겠어. 만약을 대비해서 애들 다 모으자.

만약?

반씨가 못 잡을 때를 대비해야지.

야야. 오버 좀 자제해라.
고작 한 명 잡는 데 레이드 뛸 거야?

확실하게 하면 좋잖아.
근데 네가 지금 짱구 굴리는 거면 어떡하지?
콱

…
이대로 튀어버리면?
학교도 안 나오고.

뭐 해줄까? 응?
돈 뺑땅 친 거 단순히 게임비만 벌려고 한 건 아니겠지? 분명히 돈이 필요할 거야.

돈 필요 없는
사람도 있냐?

만약 제대로만 한다면
300 줄게.

툭
…
툭
난 독고가 부상 입은 지금이
적기라고 생각해. 내일까지
연락 없으면 넌 죽어.

가자.

야. 너 운 좋다?

하아…
야. 미안하다.
너까지 엮어서.
아냐. 내가 전화해서
그런 건데 뭘.

…
…

근데 어떻게 하려고?
모르겠다. 씨…

하던 대로 해.

어…?

내가 불렀어.
너 엮인 거 같아서.

뭐야? 그럼 여기서
그냥 발라버렸어도 됐잖아.
부상.

아 맞다.
그럼 어떡해요? 형님?

내일 여기서 보자고 해라.
부상이잖아요?
내 생각해줄 필요 없어.
내가 알아서 할 테니.

그런데 이분은…?
내 친구다.
…
?

아버진 줄…
뭐?
근데 두 명이서 되겠어요?
재들 다 몰려온다는데? 들었죠?

몇 명이 몰려오든 내 일이야.
괜히 끼어드니까 이런 일이
생기는 거잖아.

나 혼자면
나만 잘못되면 돼.

연락해.
툭

가자.

…

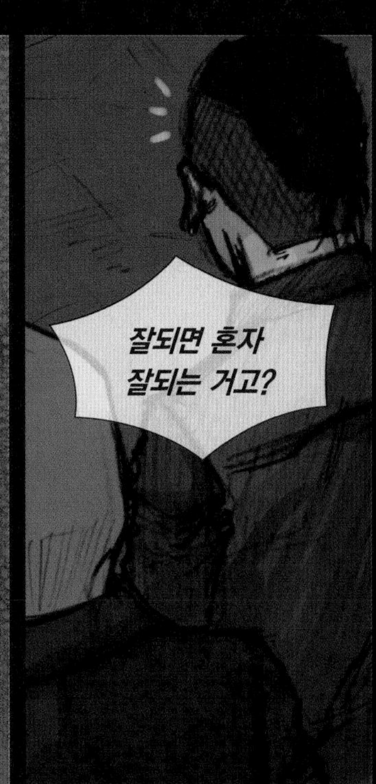
잘되면 혼자
잘되는 거고?

야. 너 왜 그래?
아 씨. 놔봐!
나는요. 졸라 무식해서
형님처럼 대가리를 굴릴 줄 몰라요.
근데 말입니다.
...
내가 이 몰골이 될 때까지
입 처닫고 있었던 건요!
그러니까 그게…
와 씨. 공부 못하니까 단어가
생각이 안 나.

아, 그래!
팀! 우린 팀이라고
생각했다고요!

근데 씨. 형님은
그냥 우리가 좆도 아닌 거야!

…
잘되든 못 되든
같이 좀 나눕시다!
난 괜찮다고! 얼굴 이렇게
터져도 괜찮다고!

우리 같은 편이잖아요!
근데 왜 같은 편 자꾸
무시하는데요?

…

야야. 그만해. 형님이
우리 생각해서 그런 거잖아.
우리 다칠까 봐.
다쳐도 된다고!

그게 같은 편 아냐?

그런 걸로
미안해하지 말라고요!

우리 편 위해서 내가
희생해도 된다고!
그냥 한 팀이면 같이
못 되고 같이 잘되고
그러는 거 아냐!

미안하다.
...
에?
형님?

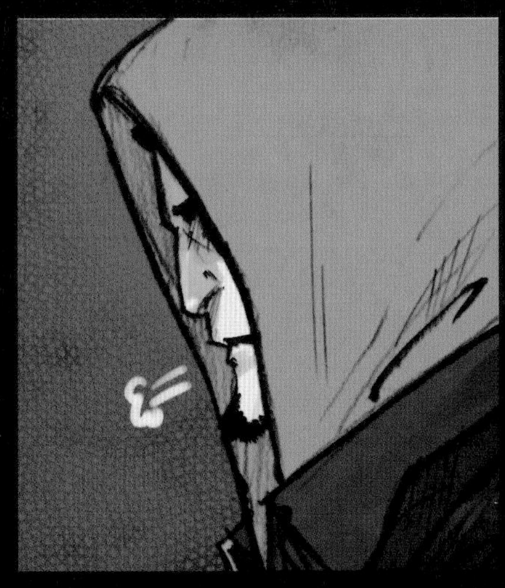

같은 편 맞아, 우리.
내가 생각이 짧았다.

야. 너 무식하게 말하는데
뭔 소린지는 다 알아듣겠다.
칭찬이야? 욕이야?
칭찬이야, 칭찬.

세운아.
너한테도 미안하다.
미안하면
같이 깨자고.
걱정 말고 전부 다 세팅해.
두 명, 아니 네 명 더 부를 사람 있으니까.
너희도 도울 수 있으면 돕고.
그럼 뭐야?
우리 여덟 명?
너무 적어요.
사실은 네 명이야. 나까지.
너희는 그냥 구경만 해.

아니야.

그 정도면 충분해.

지압맛집

하으억♥
시~시원해…!
흐어아앙
찌
릿
???
변태네
뭐야
으으
한번 더!

내일 보자.

유한동이요.

부웅

끼익
끼익
야. 지금쯤이면 끝났겠다.

늘 밤
돌아가자.
오케. 오케.

잠깐만… 저것들… 그때
독고 유인했던 놈들이잖아.
부아앙

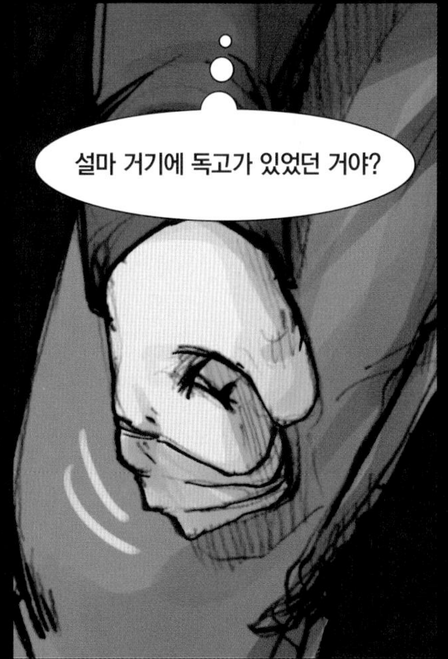
설마 거기에 독고가 있었던 거야?

오늘 끝낼 수 있었는데.
제길.

후우…

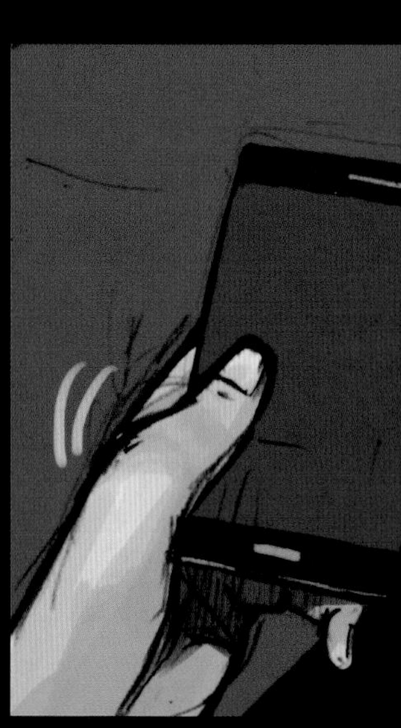

띠리리리

뭐야? 어디 있었어?
종일이랑 한솔이랑
너 엄청 기다렸어.
미안.
진동으로 하면 옆구리가 아파서
무음으로 해놓고 있었어.

소리로 하면 되잖아.
오토바이 탈 땐 어차피 소리 안 들려.
오토바이? 어디 갔었는데?
너 혹시 내일 시간 뺄 수 있어?
저녁엔 뺄 수 있는데 내일은 시간대가 좀 밀려서 울 동네 오면 11시쯤 돼.
그래. 그럼 넌 안 되겠다.
왜?
아니야. 일해, 일.

야! 혁아.
응?

종일이 일주일간 시간
된다더라. 중간고사 기간이라.

그래?
응. 중간고사 끝날 때까지
여친이 만나지 말고 공부만
하자고 했대. 넌 모르지?

안다. 본 적 있어.
끊을게.

...

띠리리리

어! 혁아.

어쩐 일이야?
혼자 끙끙 앓던 녀석이.

밤늦게 다짜고짜 미안한데
내일 시간 되는 거 알고 있다.

나한테 할 말 있다며?
만나서 얘기하자.
오늘 아니 시간으로는 벌써 어제네.
새로 들은 사실도 있고.

나도 너한테 할 말 있어.
뭐?

오랜만에…

볼펜 좀 들어.

똑
똑

음?

음. 거기 놓고 가.
네…

우리 주말에 놀러 갈까요?
바빠.
어… 네.
그리고 학교에선
조심해줬으면 좋겠어.
아… 네.

쿵

학교라서 그런거 였구나. 힛.

띠리리리

여보세요?
홍진원입니다.

누구시죠?
아휴…
벌써 잊으셨어요?

거 왜 푸른이 빚
탕감해주셨지 않습니까?
아… 사채업자.

사채업자라뇨?
이래 봬도 제법 건달이라고요.

지금 자기가 조폭이란 걸
자랑하고 싶은 건가? 전화 왜 했어?
그때 숙제 내주셨지 않습니까?
요즘 애들 사이에 무슨 일이
일어나고 있는지.

브리핑해.

먼저 서북고연에 대해서
아셔야 할 것 같습니다. 작년에 두 학군
통합 연합으로 만들어진 애들 모임이고요.

서북고연을 만든 애들은
한 달 만에 다 손에서 놓았습니다.
작년에 백푸른 앞세워서
이영수가 하반기에 2기를 열었고
해가 바뀌면서 지금은 3기예요.
근데 이 3기가 골 때려요.
얘들이 굉장히
체계적으로 뺑을 뜯어요.
이것들이 무서워서 애들이
경찰에 신고를 안 하고 신고를 안 하니
예측 수사를 할 수도 없고.
무법천지가 된 겁니다.

이것들이 웃긴 게 처음에
백푸른 이용하다가 아웃시켰어요.
그런데 지들 돈 뜯는 거 방해하는
애가 나타난 겁니다.
그래? 누군지 알아?
그건 모르겠는데
독고라고 하네요. 마스크 쓰고
얼굴을 가린다고.
!!

독고라…
독고 때문에 서북고연에서
현덕고 애들 용병으로 썼는데
어제 크게 당한 모양이에요.
오늘 패싸움 크게 날 거라고 합니다.
독고 패거리와 서북고연 패거리들.

잠깐만.
예.
현덕고 애들이
털렸다고?
예.
그렇다고 합니다.

독고한테?
정확하게는 모르겠습니다.

알았어. 다시
연락하지. 수고했어.

강혁이 밖에서
쌈질이나 하고 다닌다?
이런 폭력배라면 학교에서 쫓아낼
최고의 이유 아닌가?
그래. 싸워라.
네가 싸워 이기는 날이
바닥으로 추락하는 날이 될 테니.
예?

다빈이 범구 다 당했다고.
몇 번 물어보는 거야?

누구한테요?
몰라. 독고
친구라도 되나 보지.

안 그래도 새로
합류시킬 애들 찾고 있다.

넌 종일 선배를 모른다.

설마…?

딩
동

희성—상대한테서 장소랑 시간 받았다.
공유할게. 장소는 어제 거기.

벌써? 아침
9시밖에 안 됐는데?

너무 순조로워.
이거 뭔가 아니야…

야! 듣고 있냐?

아, 죄송합니다,
카톡이 와서.

부상을 당한
독고가 친구들을 불러 모으고 있다?
엄청나게 많이 불러 모으는 거 아냐?
만약 그렇다면 상대방 전력을
최소화하고 우린 최대화한다.
각개격파…!

딩동

끼익

마셔.

어머니는?

여전하셔.

요즘은
이런 만화 봐?

예전엔 총수 보더니.
호러만환가?

그냥 그것도
나름 재밌어.
팬미팅? 태평양솔더?
웃기네.

할 이야기 있다며?
어쩐 일로
내 볼펜이 필요하실까?

그러게. 근데
다른 이야기지 않아?

여자친구 이야기야.
솔직히 말하면… 여친이
너희 만나는 거 안 좋아해.

넌?

나야 아니지.
당연히 친구가 중요하지.

그래?

너한테 좋은 여자다.
응?
나한테 차가우면 어떠냐? 너한테만 잘하면 됐지.
뭔 소리야?

여친 말 들어. 나같이 스무살에 고등학교 다니면서 빌빌대는 녀석 만날 필요 없어.
혁아!

어차피 시간이 지나면 우리 멀어지게 되어 있어. 환경이 다른데 뭘.

어휴… 너나 태진이나
왜 그러냐? 진짜.
아 참. 네가 할 말은?
볼펜 들라며?
됐다. 생각이 바뀌었어.
무슨 일 있는 거 아냐?
일은 있는데
생각해보니 너까지 필요 없어.
여친 말 잘 듣고 공부해라.
…

이 새끼 깜찍하네.
네가
원하는 거 아냐?

희성이한테
전화 안 하고 왜 나한테?
희성이는 안 할 것 같아서.

알았다. 김종일 따로
먼저 깨뜨려놓으라는 거지?
혼자서는 힘들 거야.
지원을…

지랄한다. 내가
알아서 할 테니까
구경이나 해.

박석호…
다루기 힘드네.

어. 희성아.
할 이야기가 있어서. 상대
꼬봉 노릇했다는 1학년 있지?
배한규였나?

잘 가라.

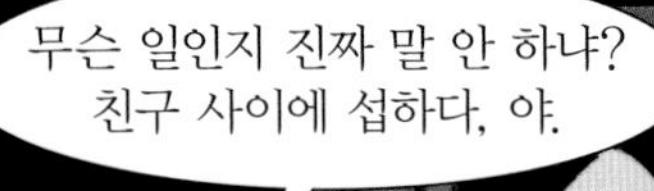
무슨 일인지 진짜 말 안 하냐?
친구 사이에 섭하다, 야.

아무 일도 없어. 잘 가.

아, 끝내 자기 입으로
말 안 하네.
철컹

띠리리리
석호?

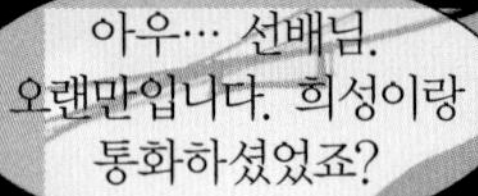
아우… 선배님.
오랜만입니다. 희성이랑
통화하셨었죠?

그런데 왜?

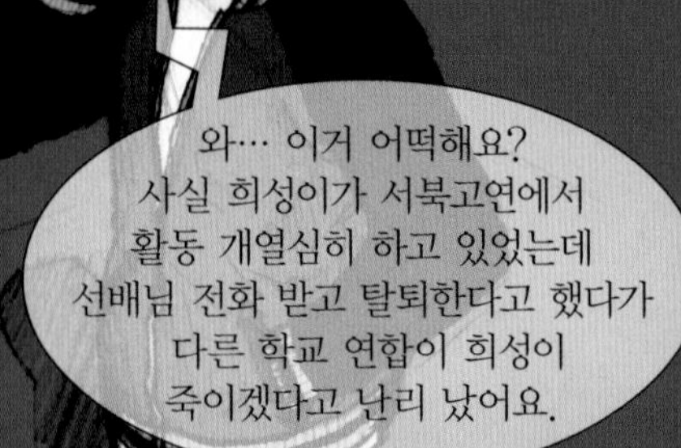
와… 이거 어떡해요?
사실 희성이가 서북고연에서
활동 개열심히 하고 있었는데
선배님 전화 받고 탈퇴한다고 했다가
다른 학교 연합이 희성이
죽이겠다고 난리 났어요.

그래?
예. 독고 서북고연에서
잡으려는 중이었거든요. 근데 선배님
말 듣고 희성이가 빠진다고 하니까…
우리가 선배 좋아하는 거 알잖아요?
2년 전에 명진환하고 선배님 싸울 때
우리 전부 선배님 편이었거든요.
걱정할 것 없다.
나쁜 짓 그만하겠다는데
도와줄게.
감사합니다. 선배님.
장소, 시간 톡으로 보내드릴 테니까
괜찮으시면 뵈었으면 좋겠습니다.
알았어. 근데
너 학교 아니냐?
상황이 너무 급해서요.
이따 뵙겠습니다.

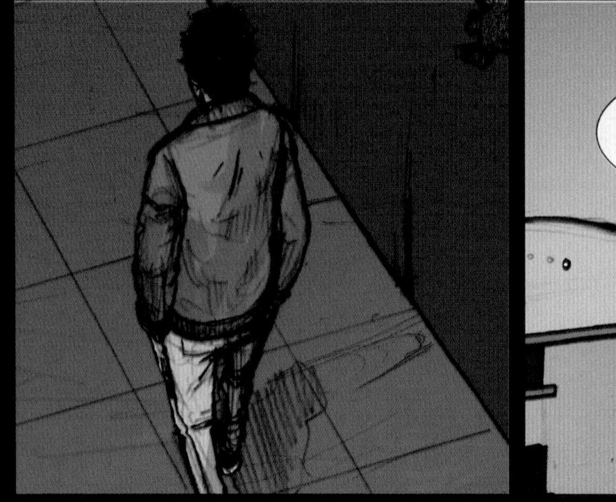

오늘은 학교
땡땡이 치는 날…

뭐야? 3학년 교실에
막 들어와?

죄송합니다, 선배님.
진짜 좀 급해서.
뭔데?

저 완전히 찍힌 거 아시잖아요.
1짱에서 서열 쩌리 됐어요.

저 선배님 시킨 대로 한 것밖에 없습니다.
그냥 선배님하고 한배를 탄 것 같아서요.
저도 선배님 편에 넣어주세요.

미친놈.
상황 돌아가는 거 모르냐?

독고 그럼 오늘 발리는 겁니까?
뭔가 믿는 게 있는 거 아니에요?
...
선배님. 기왕 이렇게 된 거
그냥 선배님과 가고 싶습니다.
저도 살아야 할 거 아닙니까?

...

야. 이거 어디 가서
말하면 안 된다. 사실은…

진짜 그 자식
합류시킬 거야?
어쩔 수 없잖아.
준호, 범구, 다빈이까지 전부 당했어.
종석이 말로는 독고 쪽도
사람을 모으고 있대.
음… 그렇지만.

많이 모을수록 좋은 거다.
단순하게 생각해.

야.

휴게실
아이고.
어쩜 이렇게 착해?
할머니. 조심하세요.
별말씀을 다 하세요.
하하.

가만있자. 우리 손주한테
할미가 용돈 좀 줘야지.
아유. 아니에요,
할머니. 저 그냥 도와드린 거
밖에 없어요.

손주 같아서 주는 거야.
자, 얼른.
아… 이러면 안 되는데.
감사합니다.
앗! 저 교실 돌아가야
할 것 같아요.
그래. 그래.
도와줘서 고맙다.

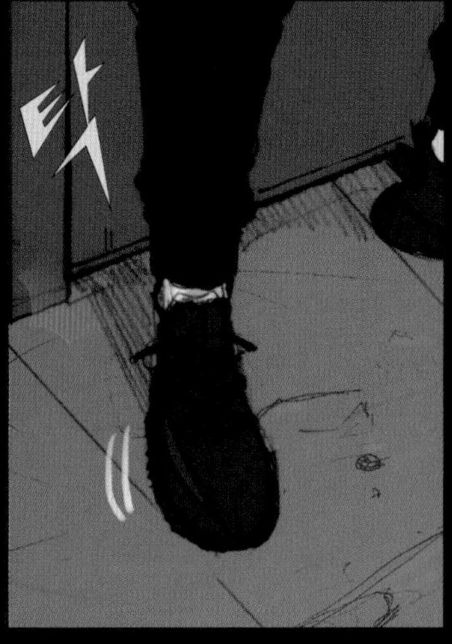

탁

뭔데?
박동준 어디 있어?

박동준?
휴게실에 있는데?

하여튼 늙은것들.

조금만 잘해주면 간이고
쓸개고 다 빼준다니까?

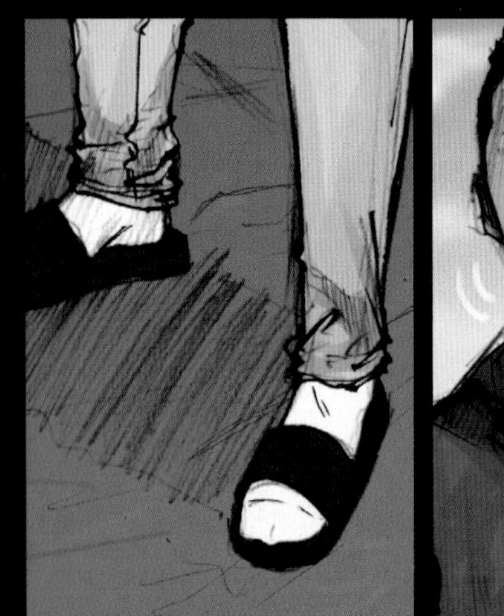

끼익

알아봤어?

예. 상대 선배 말로는
모두 여덟 명이
모인답니다.

고작 여덟이래?
예. 제가 합류하는 걸로
알고 있어서 저까지 아홉 명으로 계산하고
있을 겁니다. 근데 이 중 네 명이
장난이 아니라고 합니다.

네 명?
한 명 한 명이 무섭다고.
사실은 네 명이
싸울 거라고.

하아… 나 참…
하… 하… 하.
?

하하하하하하하!

아 놔, 진짜. 난 또
수십 명 몰려오는 줄 알았잖아.
고작 그거야? 상대는 거기에
배팅한 거고?

씨발.
괜히 걱정하고 있었잖아.
넌 계속 상대 옆에 붙어서
변동 사항 생기면 연락해.

옙!

네 명이면 지고 싶어도
질 수가 없다. 괜히 쫄았잖아.

5년 전

동준아!
제발… 제발…

하아… 새끼.
왜 이렇게 불쌍해 보이냐?

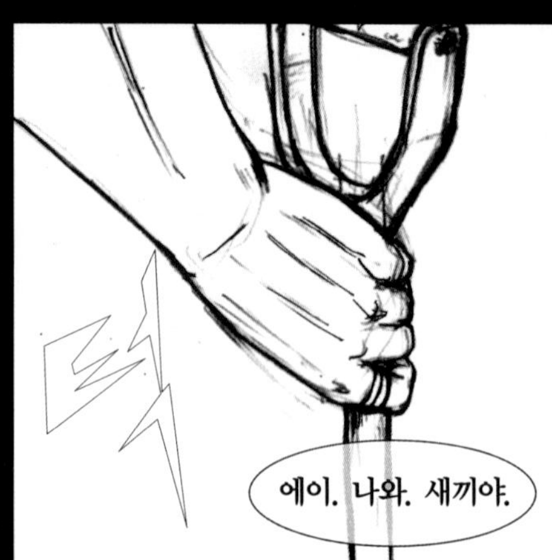
턱
에이. 나와. 새끼야.

뭐야? 아직도 내가 꼬붕으로 보이냐? 5년 전에 둘 다 발라준 것 같은데?

그건 발랐다가 아니라 운이 좋았다고 하는 거다. 그리고 그때 월현이는 1학년이었지. 지금보다 14cm나 작았어.

하아~도 옛날 이야기라서 난 잘 모르겠네?
난 저거 나 보고 오줌 지린 것만 생각나서.

저것 봐. 아직도
내 얼굴 보고 쪼네.

뭐? 이…

뭣 하러 왔어?
우리 이 학교에서는 서로
모른 척하기로 했을 텐데?
돈 좀 벌어볼래?

…?

여긴?

오셨습니까?

희성이 문제로 상의할 게 있다고 한 것 같은데 장소가 왜 이래?
예?

옛날 생각나게. 별로 좋지도 않은 일인데.

아. 그죠? 여기서 2년 전에 명진환과 막 싸웠죠.

저하고 희성이는 저기 저쪽에
기절한 척 누워 있었고.
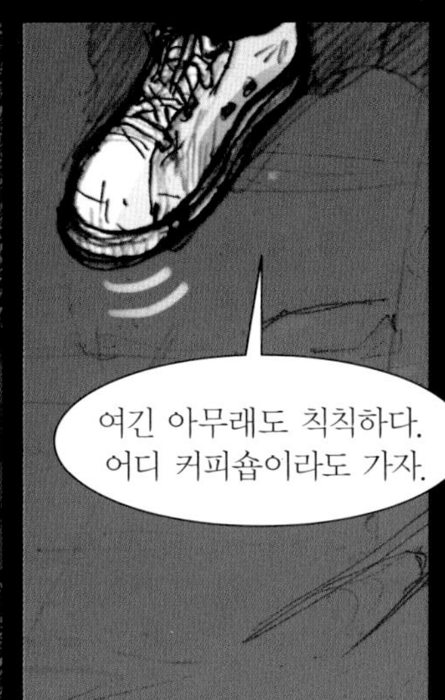
여긴 아무래도 칙칙하다.
어디 커피숍이라도 가자.

김종일!

방금 너냐?

아닌데요?

여기 너밖에 없잖아?
야야!
그새 내 목소리 잊었어?

섭하다, 야.

THE KING OF DOKGO

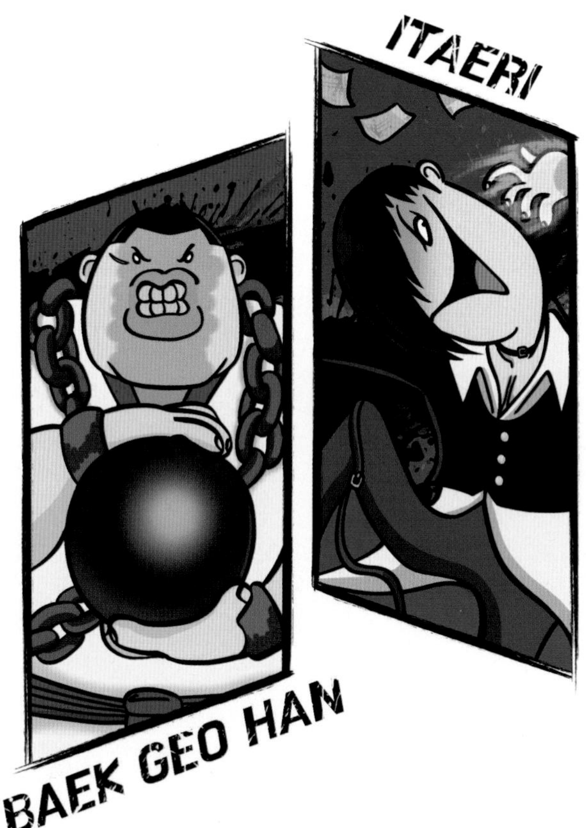

PIZZ
KYO HYEOK

UN MAI

던질까
나같은 팀
안 할래

끼

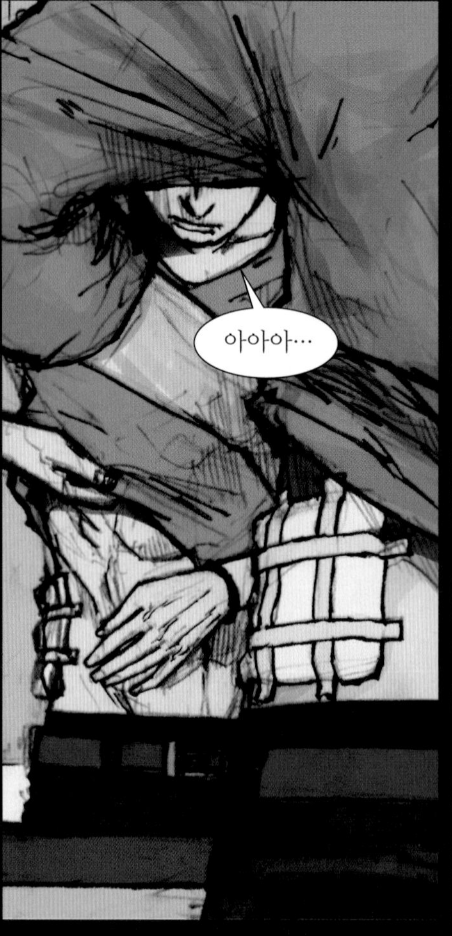
아아아…

금방 아문다고 했는데…
띠리리리

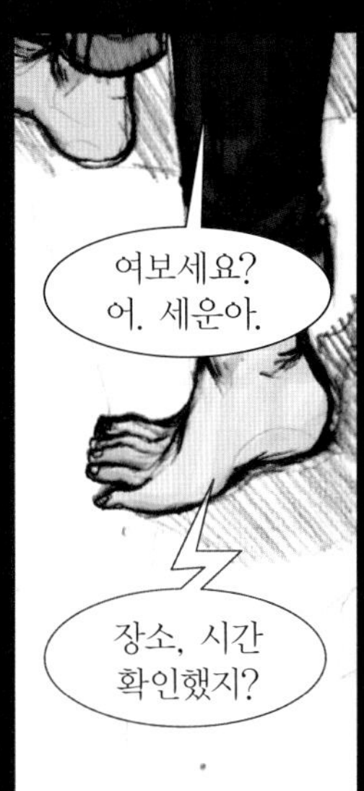
여보세요?
어. 세운아.
장소, 시간
확인했지?

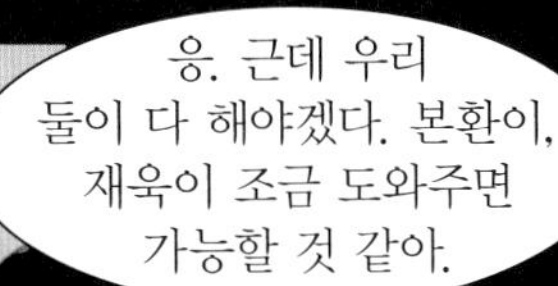
응. 근데 우리
둘이 다 해야겠다. 본환이,
재욱이 조금 도와주면
가능할 것 같아.

응?

그렇게 됐어.
난 괜찮아.
생각보다 내가 좀 하거든.

옆구리는?
문제없다. 전혀.

오케이.
나중에 보자.

명진환…
싸가지 없는 시키. 선배 이름을 동네 강아지 부르듯 한다니까?
이게 뭐지? 희성이 생각이냐?
내가 그 병신한테 명령 받는 스타일이 아니라서.

그러게 왜 후배들 돈 좀 벌겠다는데 방해를 하고 그러시나 몰라? 좆만한 게.

야야. 비켜.

너 때문에 학교 잘리고 내 인생 좆같이 됐다.

남의 인생을 망쳤으면 대가를 치러야지?

학교는 나도 잘렸어. 근데 난 지금 대학에 들어갔어. 네 인생을 망친 건 너야. 핑계대지 마.

확

키키키킥… 하여튼 싸가지…

척

어이. 그거 꺼내야지,
그거. 짤깍짤깍.
...
기회 줄 때 꺼내는 게
좋을 텐데?

그렇지.

부웅

콰직!

카앙

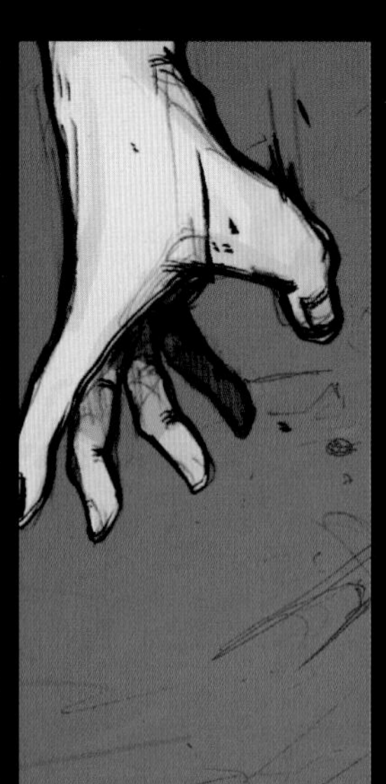

1미터 더 크지 그랬냐?

부웅

퍼억

그래. 이래야지.
큭큭큭…

진환은 일대일로도 장담하기
어렵다. 여기에 석호까지…

하지만… 피할 순 없다.

돈?

너한테
손해 보는 일은 아니다.
쓰벌. 내가 돈 없는 건
또 어떻게 알고.

합류하는 거지?
얼만데?

100. 반나절 알바 뛰고
나쁘지 않잖아.

나쁘지 좋은지는
내가 결정하는 거다.

퍼억
퍽
빠직
찍
부웅

2년 전보다
둘 다 늘었네.

이 시키야. 숟가락 얹어놓고
언제까지 그러고 있을 거야?

이제 내 타임입니까?

어이. 김종일. 그런 말
들어봤어? 검도삼배단.
검도 단수는 주먹 단수
세 배로 치는 거.

근데 검도하는 놈 보고
주먹으로 서열잡기를 하라네? 그래서
희성이가 짱이 되었는데 난…

한 번도 내가
희성이보다 약하다고
생각한 적이 없어.

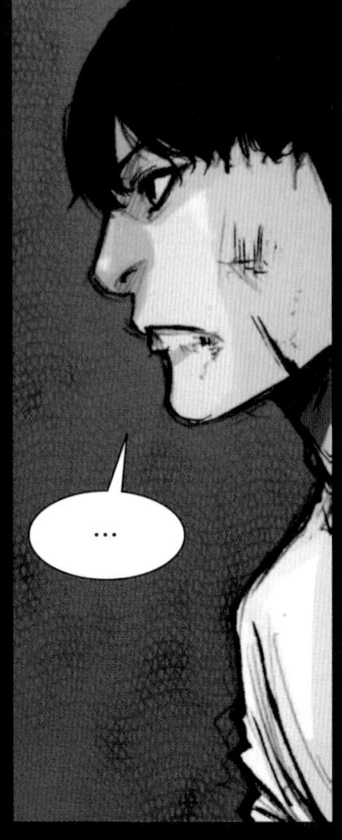

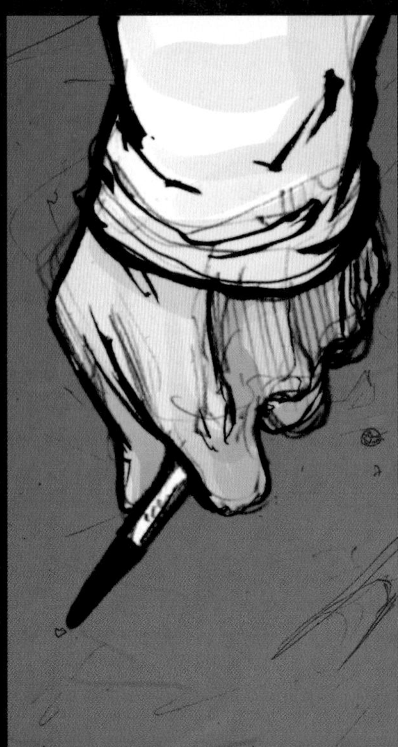

와라.

여기다.
왜 불렀어?
상대한테 문자 받았지?
어제 거기서 한다고.
그런데?

150.
150?
받을 돈은 내가 정한다.
싫으면 꺼져.
쩝. 좋다.
아 씨. 그럼 우린 뭐 먹어!
이 새끼한테 그렇게 많이 주면.
돈은 이번 일이 끝난 후
서북고연을 먹고 벌면 된다.
서북고연?
그런 게 있어.
근데 꽤 큰 싸움인가 보다?
나까지 찾아온 거 보면.

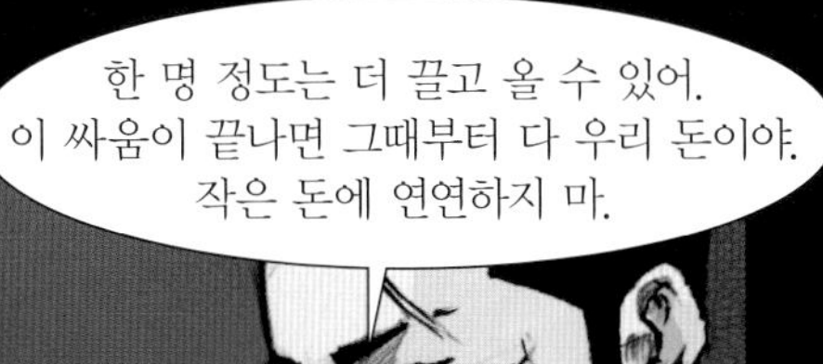

그건 아닐 거다. 그런 인간은 없지. 그냥 확실히 끝장내고 싶은 거겠지.

뭐, 하여튼 추천할 녀석은 있어. 윤남욱.

어디 있는데?

검정고시 학원 다녀. 우리보다 한참 어리지만 도움 될 거야. 필요하면 내가 데려오지.

남욱이도 100은 줘야 된다.
알지?

명진환과 일대일
대결로 이끌어야 한다.

아주 그냥 개폼은!

어?
저 새끼.
저런 눈속임에 간단하게 속는
실력으로 엉겼던 거야?

컥! 콜록.
콰직
콰직
콰직

일대일이다. 예전에
나한테 발렸던 것 같은데?

그 전에 네 손목 부러뜨린 게
누구였더라?

내가 학교 안 먹고 그냥
조용히 다녔더니 만만한가 보다?
탁

아, 아닙니다!
탁
탁

기상.

김태한.
예.

2학년이면
2학년답게 잘하자?
예…

내가 움직이는 데 지장 없도록
1, 2학년 다 모아놔라. 오늘부로
학교 완전히 먹을 테니까.

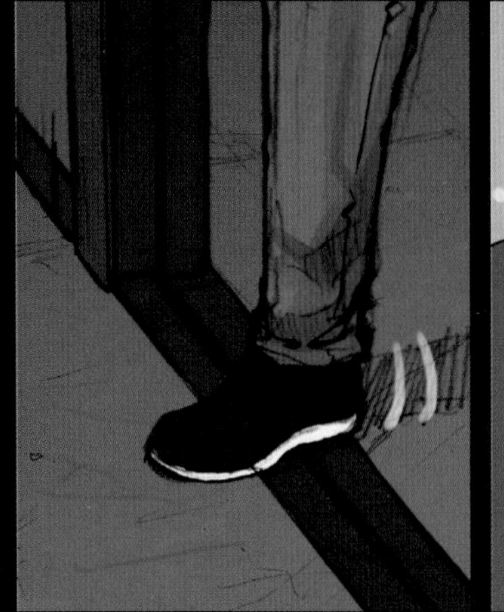

씨이…

선배님. 선배님 지시를 어기고
동진고를 서북고연 활동에 편입시키려는
선배가 있습니다.

작년 전학 와서 이쪽 사정을
잘 모르는 것 같습니다.

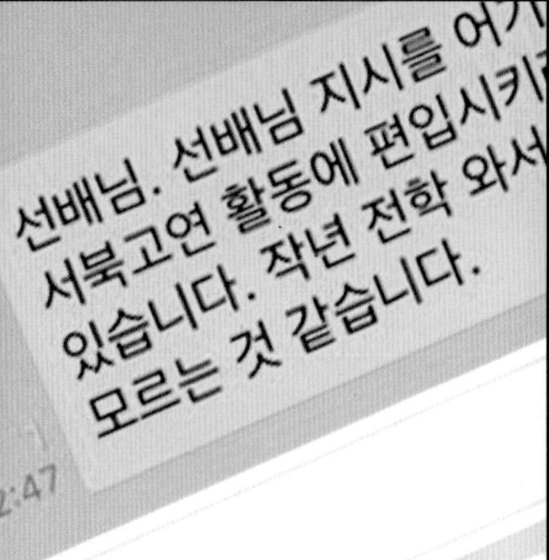
선배님. 선배님 지시를 어기
서북고연 활동에 편입시키
있습니다. 작년 전학 와서
모르는 것 같습니다.
2:47

하…

디딩
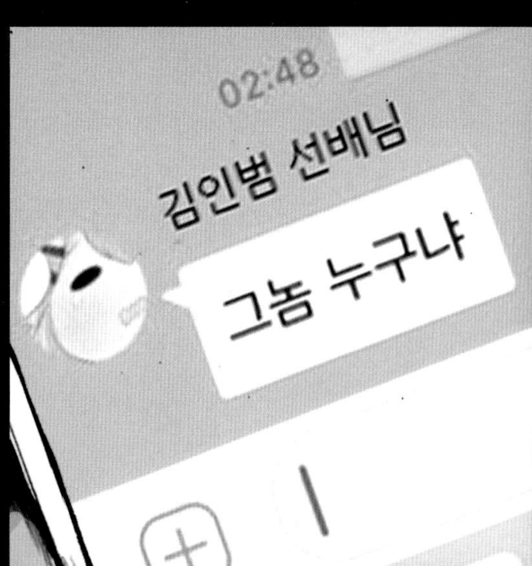
02:48
김인범 선배님
그놈 누구냐

끄으…

석호가 깨어나기 전에
끝내야 해.
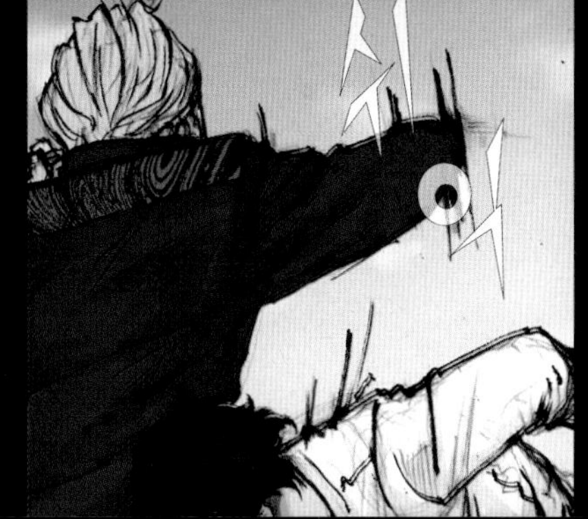
쉬익

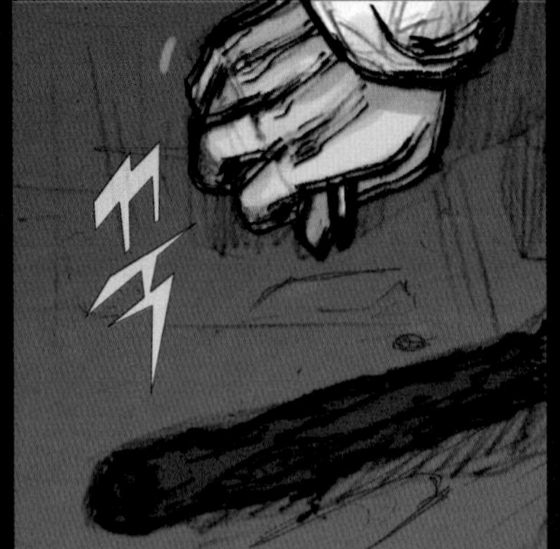

또 그 수법이냐!

커헉! 컥!

넌 더 커도 된다고 했지?

썅…

어, 그게 그러니까…

예잇!

촤아악

할 이야기도 많은데
그냥 가면 안 되지.

저 자식 깨어나기 전에
장소 좀 옮길까?

여긴 왜?

세운아.
응?

너, 나, 본환, 재욱, 상대, 성용. 우리는 여섯. 그런데 상대는 수십 명이 모일 거다.

100명이 넘을지도 모르고. 문제는 숫자보다 진짜 강한 녀석들이 사이사이 껴 있다는 거지.
OFF
그런데?

상대와 성용은 사실상 전력 외로 본다.
본환, 재욱은 처음 몇 명은
잡아주겠지만 금세 다굴 당할 테고.

넌 옆구리 부상이고.
역시 나뿐인가?

아니야. 너와 나 둘이 한다. 서너 명 이상을 넘기고 판을 바꿀 수 있는 능력은 우리 둘밖에 없어.
하긴. 우리가 좀 하지.
다행히 여긴 광장이 아니라 폐건물이 있어서 지형지물을 이용하면 최소한으로 움직여서 강한 타격을 줄 수 있어.
미리 지형을 파악하고 동선을 짜보자는 거지?
그래도 상대방이 100명이 넘으면 그건 너무 많아. 단번에 원샷 원킬 아니면 결국 저글링에 당해.
OFF

그냥 경찰에 신고하는 건 어때?
적당히 싸우는 중에 본환이보고
신고하라고 해.

그게 제일 깔끔하네.

근데 다 뿔뿔이
흩어져 도망가면 어떡하지?
걔들이 나중에 또 모이면?

방금 경찰 부르자고
한 녀석은 집에 간 걸로 하자.

사실 그런 건
우리 스타일도 아니니까.

한창과 당영은 얼마 전 깨져서 못 나오고 그 외 서북고연은 전부 다 모입니다.
서북고연?

예… 에.
전부라면 여자애들도 모으는 거냐?

여자애들은 사실 필요 없는데 모이긴 모입니다.

다 모인다는 규모가 어떻게 되는 거야?

우리 학교에서 30명, 유림정보고가 27명에 여자 15명 해서 42명.
대티고 30명, 동진고는 원래 장두수 혼자 다녔는데 이번엔 20명 정도 끌고 올 거라고 했습니다.
그리고 현덕고에서 지원 오기로 했습니다.
120여 명? 미쳤어?
…

명진환은?

명진환은… 그냥 선배
잡으려고 제가 꼬신 거라서
이런 내용 모릅니다.

…

지… 진짜예요.

넌 장소, 시간 알지?
예… 에.

너 오늘 나한테 붙어 있어.
믿을 수가 없으니.
예?
못 들었어?
아후… 좆 됐다.

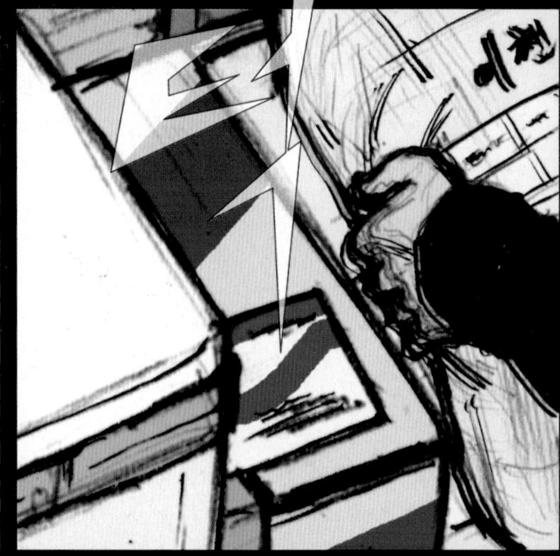

더 빨리! 빨리!

태진아. 이거 보면 전화해라.
혁이가 위험한 것 같아.
툭
툭

청운학원
고시학원 / 검정고시학원 / 입시

야!

그렇지. 똑똑하네.

같이 좀 가자.

어이고. 저런 찐따도
좋다는 여자가 있는데 난…

야야. 여기서도
삥 뜯고 있어?

1+1= 명진환

좌우대칭!
어때
대박
뿌듯
와
따
란
씨앙

후우… 좀 쉬자. 연습하다
우리가 먼저 지치겠다.
어때? 지금까지?

이론은 좋지. 그런데 한꺼번에
십수 명이 달려들 때 이건 불가능해.
이건 한두 명만 잡는 방법이야.

그래서 이번엔 나도 좀
독하게 해볼까 싶다.

독하게?

음? 세게?

네 말대로 단번에 원샷 원킬로 부러뜨려야지.

그 말은 지금까진
봐줬다는 거야?
어린애들 상대로
심하게 할 순 없잖아.
왜?
몰라. 갑자기
기분이 좋아졌어.

다빈이한테 연락왔어.
자기 멀쩡하니까 끼워달라고.
잠이 안 올 정도로 열 받아서
다 죽여야겠대.
그래. 시간하고 장소 보내.
그 녀석 실력이면 어쩌다
실수로 진 걸 거야.
준호는 아웃됐고
범구도 부를까?
많으면 많을수록
좋다니까 다 모아.
그럼 우리에 동준,
동준이 데려온다는 놈,
다빈, 범구까지 여섯 명.
아 참. 여자애들도 일단
모인다고 하던데?
선영이네도 불러?
응.

도대체 얼마나
큰 싸움인 거야? 씨발.
뚝 뚝
예. 이사님.
심부름 좀 해.

저벅
저벅
저벅
척
뭐야? 왜 멈춰?
이놈이냐?

너 뭔데?

선배한테 말하는
싸가지하곤.
씨발. 뭔데?

서북고연 활동 빠져.
만약 활동을 계속한다면…

목을 따버릴 테니.

뭐야? 방금 눈빛.

야. 이거 치워.

신성한 학교
앞에서 싸울 순 없지. 따라와라.
넌 전학생이라 모르겠지만.

아주 좋은 장소가 있다.

사람에게 제안을 할 때
한 번은 섭하지.
다시 한 번 이야기하지.

서북고연 활동 접어.
쓰벌. 더럽게 분위기 잡네.
선밴지 뭔지 난 모르겠고
시비 걸러 왔으면 덤벼.

야! 뭐 하냐?
안 잡냐?
츳츳.
뭔가 착각하는 모양인데
걔들은 네 편이 아니야.
뭐?

언제까지 거기
서 있을 거야?

그래! 개새끼야!

퍼억
턱
콰직
N·B·K
퍽

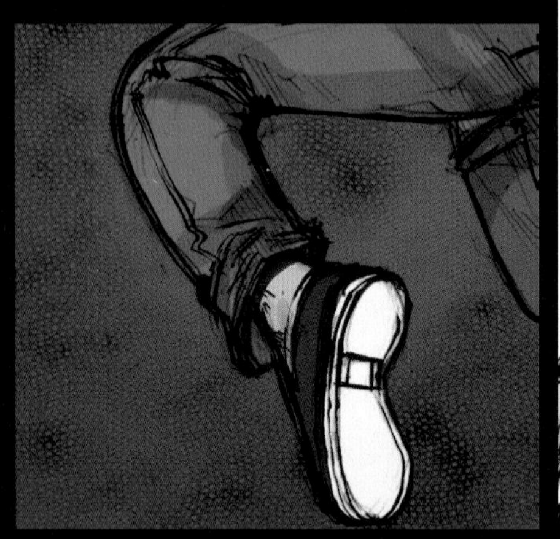

개새!

빡
퍼억

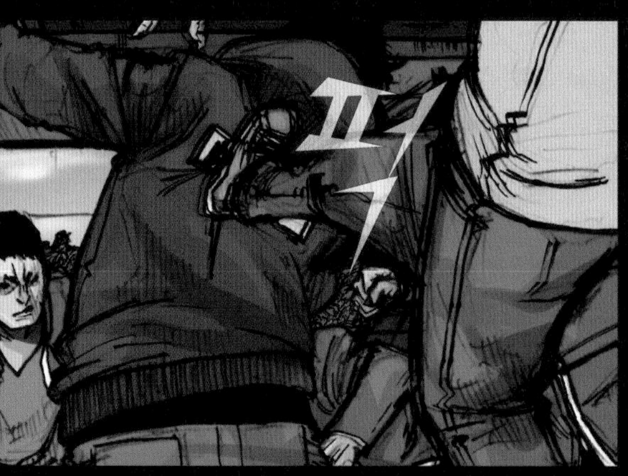
퍽

퍼억
퍽
퍼억

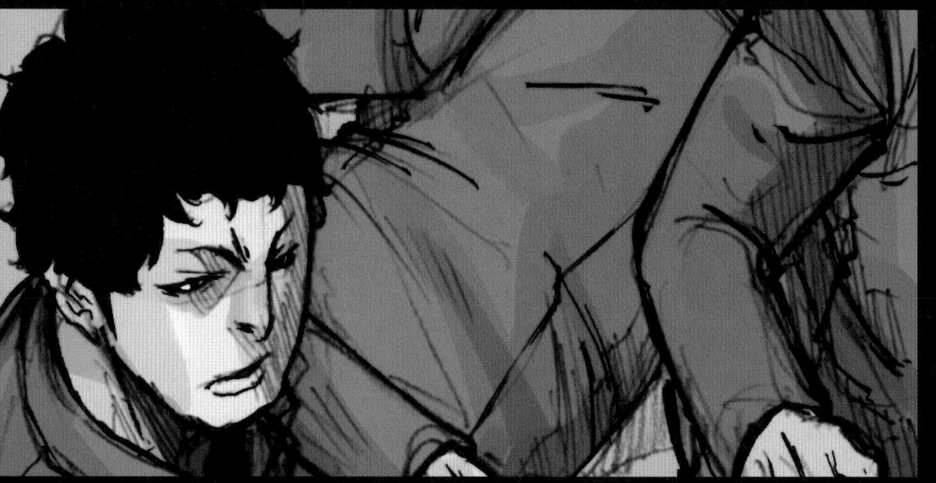

하아… 하아…

혼자서 여덟 명을
눕힌 걸 보니 딱…

…?

학교 짱 실력이구나.

씨발. 너도
구경만 하지 말고 덤벼!

콰직
너 정도는 이 동네에 차고 넘치지.
씨… 내가 지쳐서 그렇다. 비겁한… 새…
명심해라. 누군가의 리더가 되고 싶으면 널 위해 싸워줄 친구를 만들어.
…!
촤아악

오늘은 교훈을 주는 날이니
이 정도로 하지. 하지만 다시
네 주제를 모르고 설치다간…
이건
요리 학원 이름 보여서
안 되겠네. 보자…

내가 쓰는 칼들이다.
이걸로 네 녀석 몸을 찢어주마.

…예?

H·B·K
애들 온다.
드디어 결전의 시간.

여어!
뭐야? 태진이랑
종일이는?
열외.
형님. 여긴 배한규라고
제 후배요. 같이 끼고 싶다고.
별일이네?

예?
누가 봐도 불리한 형세인데
우리 편이 되겠다니까.

얘도 뭐
선택의 여지가 없어요.
찍혀 가지고. 근데…
그래? 이름이
배한규?
예.
나하고 따로
이야기 좀 하자.

근데 형님.
100명 넘게 모인대요.
예상대로다.
시뮬레이션했어.

어쨌든 수가 달리니까
우리도 준비를 좀 했어요.

알았어.

뭐야?

동준이.
아는 동생 픽업해 가는데
조금 늦을 것 같다고.
그럼 우리도
늦게 가자. 건방지게…
7시까지랬는데…

30분만 늦게 갈까?
선영이네한테도 전달해.

OFF

뭐야? 독고는?
그리고 넌 왜 거기 서 있어?

난 여기서 싸운다.
씨발놈아.

지랄.
석호가 김종일 잡았나 본데?
안 나타나는 걸 보면.
뭐?

너 몰래 내가 석호한테
이야기했거든.
석호가 종일 선배를?

내가 열일곱 살 때
본 기억 때문에 별것도 아닌
녀석을 너무 크게 본 건가?

야.
예?
여기 내가
잘 아는 동네인데?
…
소변금지

너 지금 머리 굴리냐?
빨리 장소로 안내 안 해?
아, 알겠습니다.
야! 여시 남친.

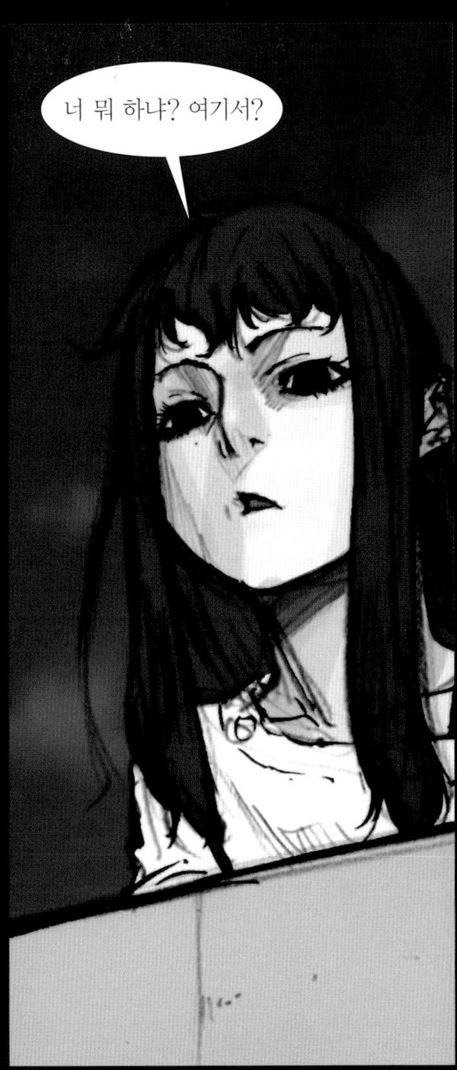
너 뭐 하냐? 여기서?

혁이가 위험해서.

네? 혁이요?
RX-78

분명히 독고가
나오는 줄 알았는데?
내가 독고다!
개새야!

여학생들은
일단 뒤로 빠져.
현덕 새끼들은
뭐 하는데 안 와?
두수하고.
됐어. 저쪽 몇 명 안 돼.
돈 굳었어. 후딱 밟고 삼겹살이나
먹으러 가자.
잠깐만.

배한규.
넌 이쪽으로 와.
예.

뭐냐? 저거.
우리 몇 명이야?

철희야!
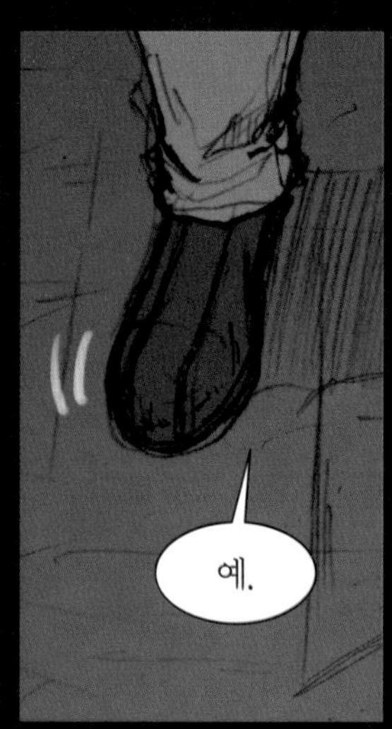
예.

가자!

가자!

다 다 다

콰직!
찍

콰
앙
콰지
빠직
아이구. 지랄.

콰직
쉬익
!

철희가 제일 잘치는 놈 막았다.
나머지 그대로 밀어!

와아아아아아---

퍼억
퍽
퍽
퍼억

다다다
!
끄으으으.

으라아아!

끄아아아아아악!

창문으로 넘어서
앞뒤로 포위해!
우르르르

빡
어딜!

으라아아!

퍼억

뭐야? 저거.
저기에 있는 놈이 독고인가?

야. 너희도 좀 가야겠다.

잠깐만. 저쪽도
지원해야 돼.

콰직

철희가 밀린다. 희성아.
알았어.
저 새끼부터 정리하지.

맷집은 인정해주지.
다다다

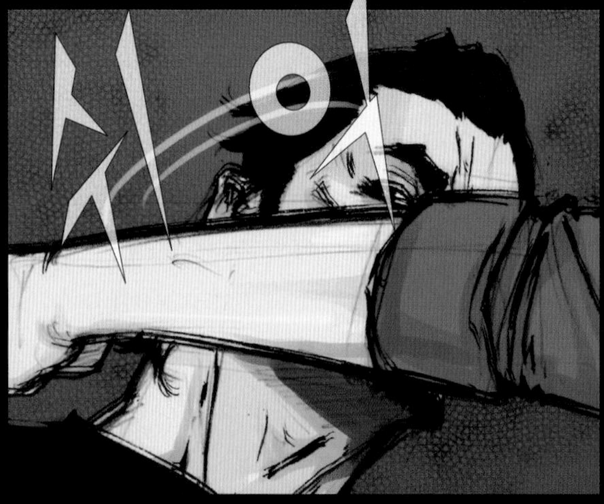

시
식

까비! 걸렸으면
턱 조각났을 텐데.

졸렬하게 그런 걸
끼고 싸우냐?

터지고 난 뒤에도
그런 소리 하나 보자.

아… 너클. 짜증 나네.

콰앙

부웅

쿵

저벅

저벅

저벅
저벅

!

뭐야? 안 받아?

일이 바쁜가 보다. 장소 문자로 넣어뒀으니까 보면 오겠지.
이번엔 진짜지?
예? 예…

계속 걸어가야 돼?

태… 택시 탈까요?

난 그냥 때린다?
여자라고 안 봐줘!

...

여어! 이거 뭐야?

설마 지고 있는 각?

저벅

저벅

형님. 왜 이렇게 늦었어요.
근데 이게 전부?

졸라 모여서 지금 뭐 해?
숫자가 몇 갠데 밀려?

기집애들이랑 두 명 더 온다.
근데 뭐 하냐? 너희?

병신들.

나 바른 그 새끼는 없나?
빚 갚아줘야 되는데.

누가 문제냐?

형. 우리가 마스크 맡고.

범구, 다빈, 이세운한테
붙어서 후딱 끝내.

거기 학부형!

얼굴 한번 갈아볼까?
유후…

잠깐만. 네 명?
비켜. 비켜.

우리가 잡아줄 테니까.

보니까 너만
잡으면 끝나겠구나.

잡아봐라.

마스크 벗겨줄게.
다다다

빡

턱
확
확

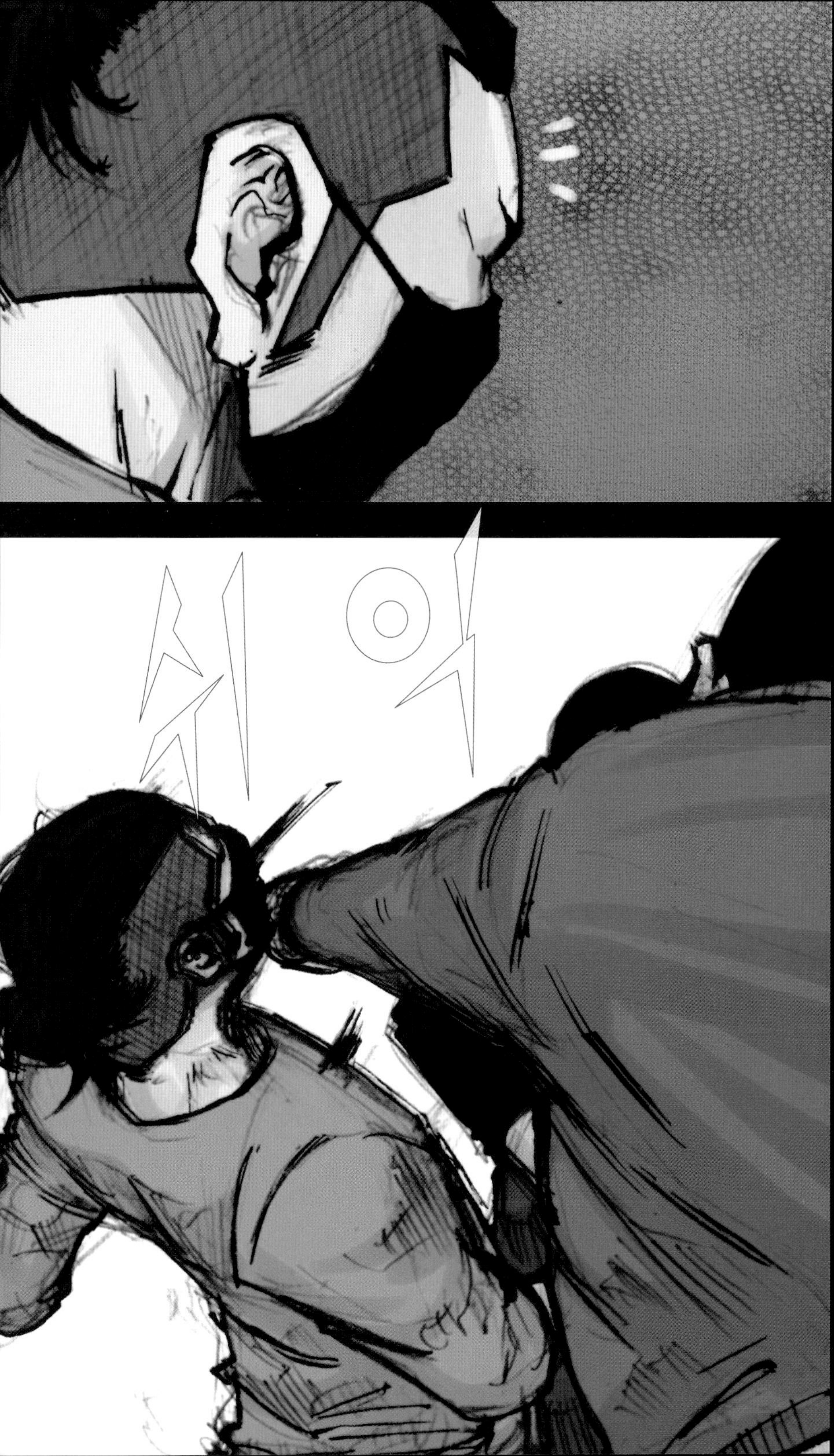

밀린다.
여기가 작전 타이밍이다.
잡아!
다다다

뭐야? 튀어?
콰직

숨어서 뭐 하냐?
좀팽이들아!

끄아아아아아!
내 손! 손!

쉬익

콰앙

?
스스

안녕?

커헉!

개새끼야!

콰직

밖에 두 녀석
다굴 치니까 좆도 아닌데?

커헉!
빡
콰직
컥!
!
콰직

내가 이 새끼들 맡을 테니까
넌 저 두 놈 맡아.

저놈들 한 명씩은 별것 아닌데
둘이 같이 덤비면 좀 세.
그쪽에 너클 낀
놈도 조심해라.

칼 쓰는 놈은
좆도 아닌 것 같으니까.
뭐!

퍼억

콱

컥!

쩍

앗!

개자식이!
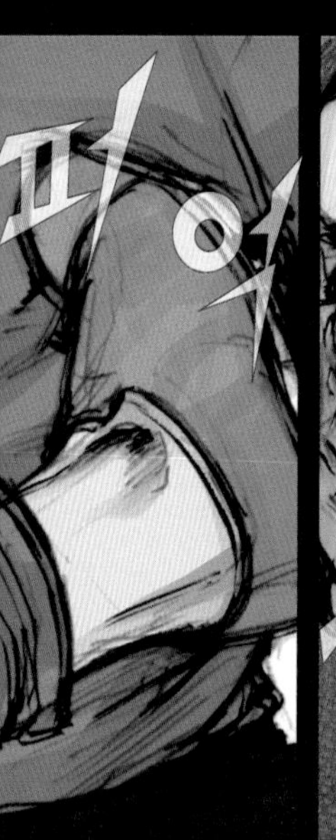
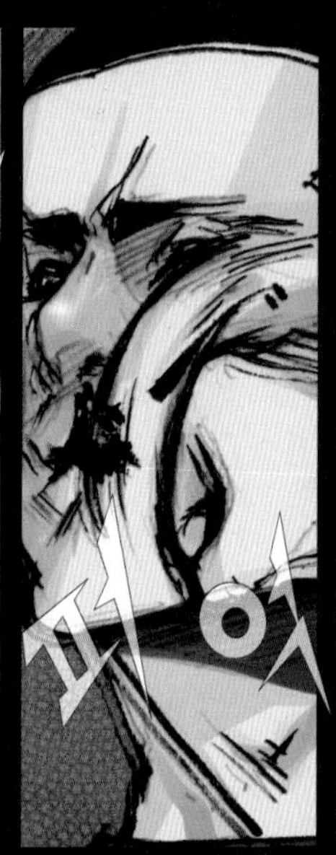

읍…

옆구리야! 형!

퍼
억

크흡!

이게 피를 나눈 형제라는 거다. 형제가 아니면 결코 알 수 없는 그런 거지.

!

여기서 보입니까?
그럼? 요즘 기술이 보통이 아니야. 이게 2km 거리에서도 보인다니까? 근데 이제 밤이라서 그 정도는 무리고.
애들 싸우는 거 보여요?
그 정도 거리는 아주 선명하게 보인다. 근데 마스크 쓴 놈 마스크 좀 벗었으면 좋겠는데…
얼굴이 왜요?
애들 얼굴만 제대로 보이면 바로 500 쏜다고 했어. 이사가. 근데 한 놈이 마스크를 쓰고 있어서 말이야.
지금 애들 건물 안에 들어가서 잘 안 보이는데요?
근데 기집애들은 뭐냐?

언니. 저기. 저 숏컷이
전에 우리 방해하던 년이에요.
그 옆은?
몰라요.
열 명 정도면 가뿐하지?
그럼.
이건 또…
뭐야?

내가 너무
쉽게 보였나 보군.

콱

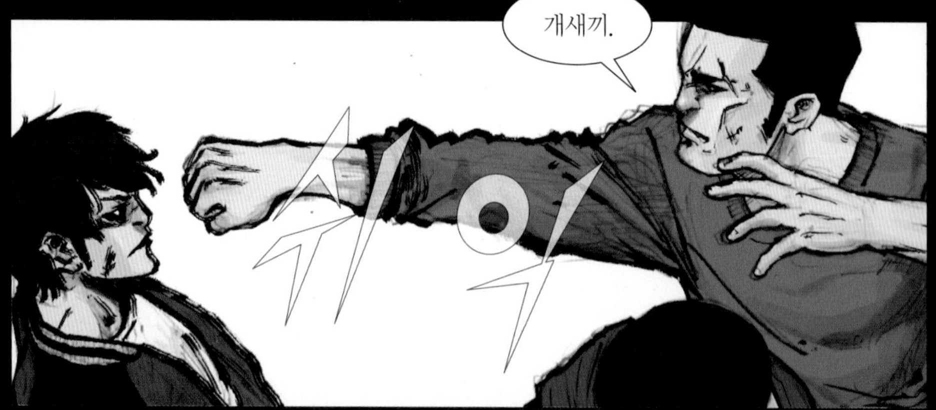

닥치는 대로 처바를
상대는 아니다 이건가?

화난 얼굴로 달려든다고 해서
네 맘대로 이기는 게 아니다.

그래?

저거 뭐야?
어디로 들어온 거야?
뒷문 애들 지키는 쪽으로
들어온 거 같은데?
이게 뭐야?
다굴 치는 거 보니
우리 필요 없나?
뭐야? 안쪽에선
지는 각인데? 이거 실화?
너희 도와줄 사람.
누구…?

끄응…

쾅
OFF

투
투
OFF

콰직

저건 내가 딴다.

헉아!

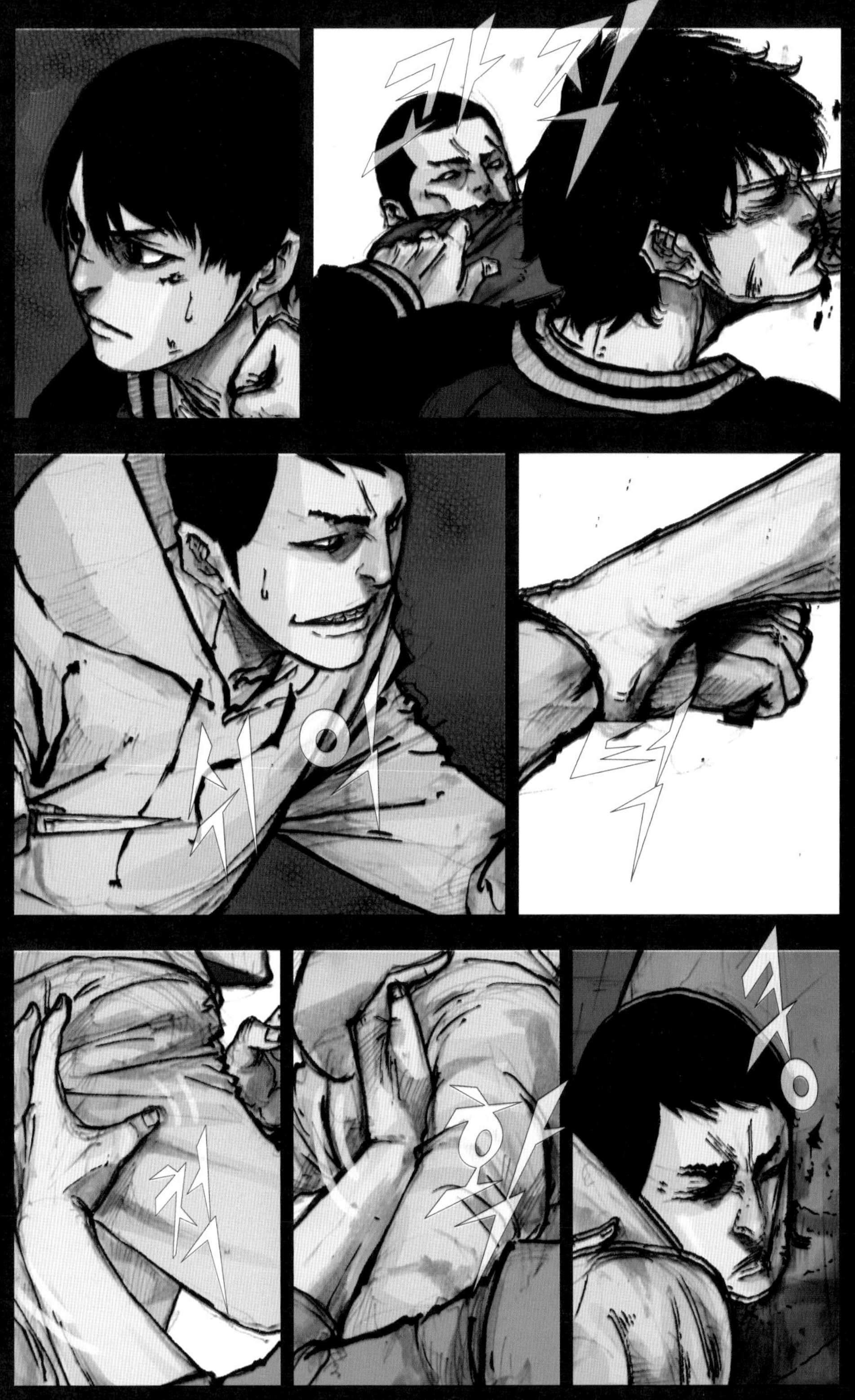
카직!
치익
턱
착
확

!

하, 하지 마!!
!

끼아아아아악!!!!

퍼억

감히 우리 앞에서
한눈을 팔아?

개새끼가!

탁
엇!

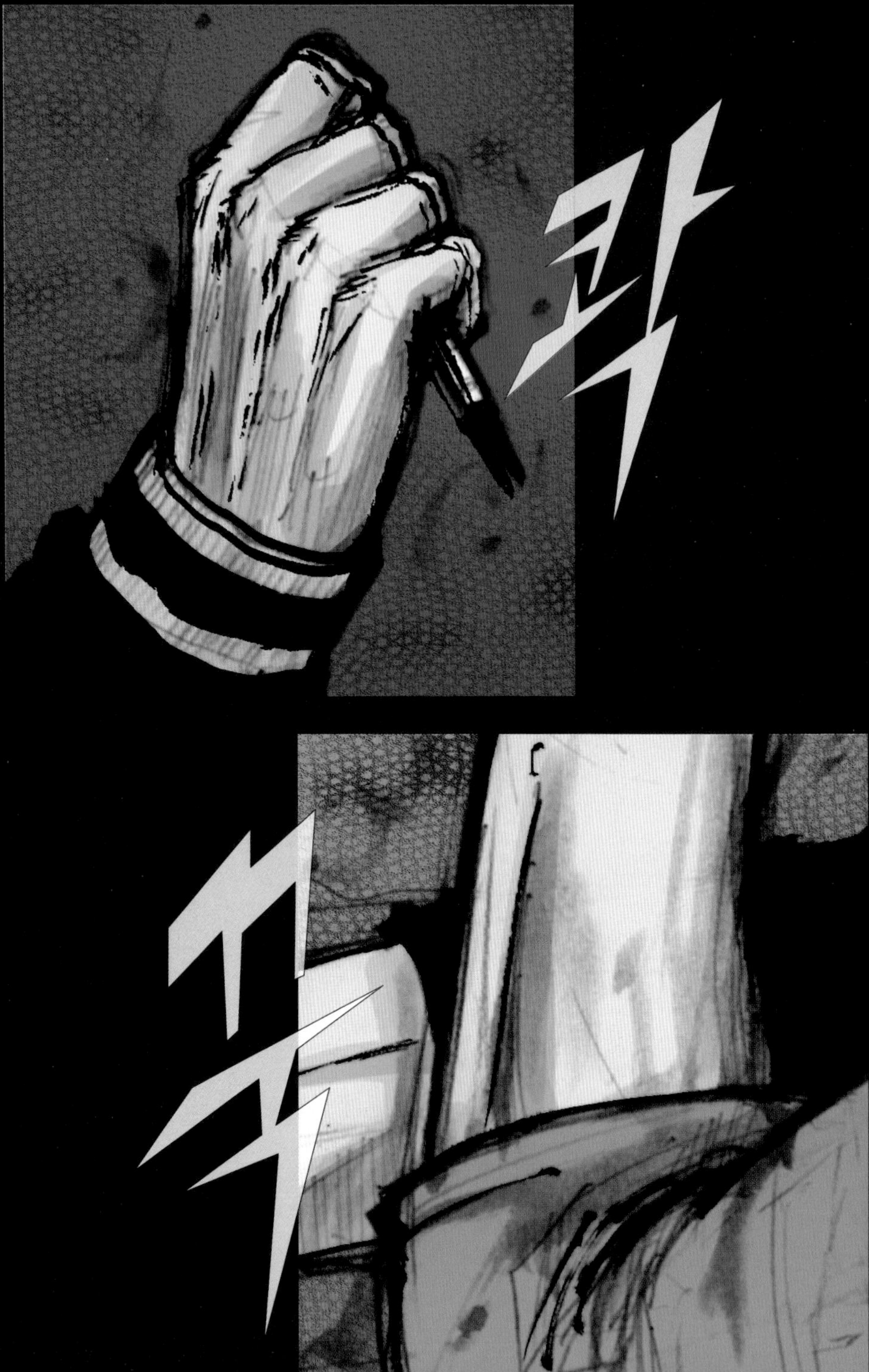

콱

끄으으으으...
끄아아아아아!

이게 우정을 나눈 친구라는 거다.
친구가 아니면 결코 알 수 없는 그런 거지.
너 누구야!
개새끼야!
누구냐고?

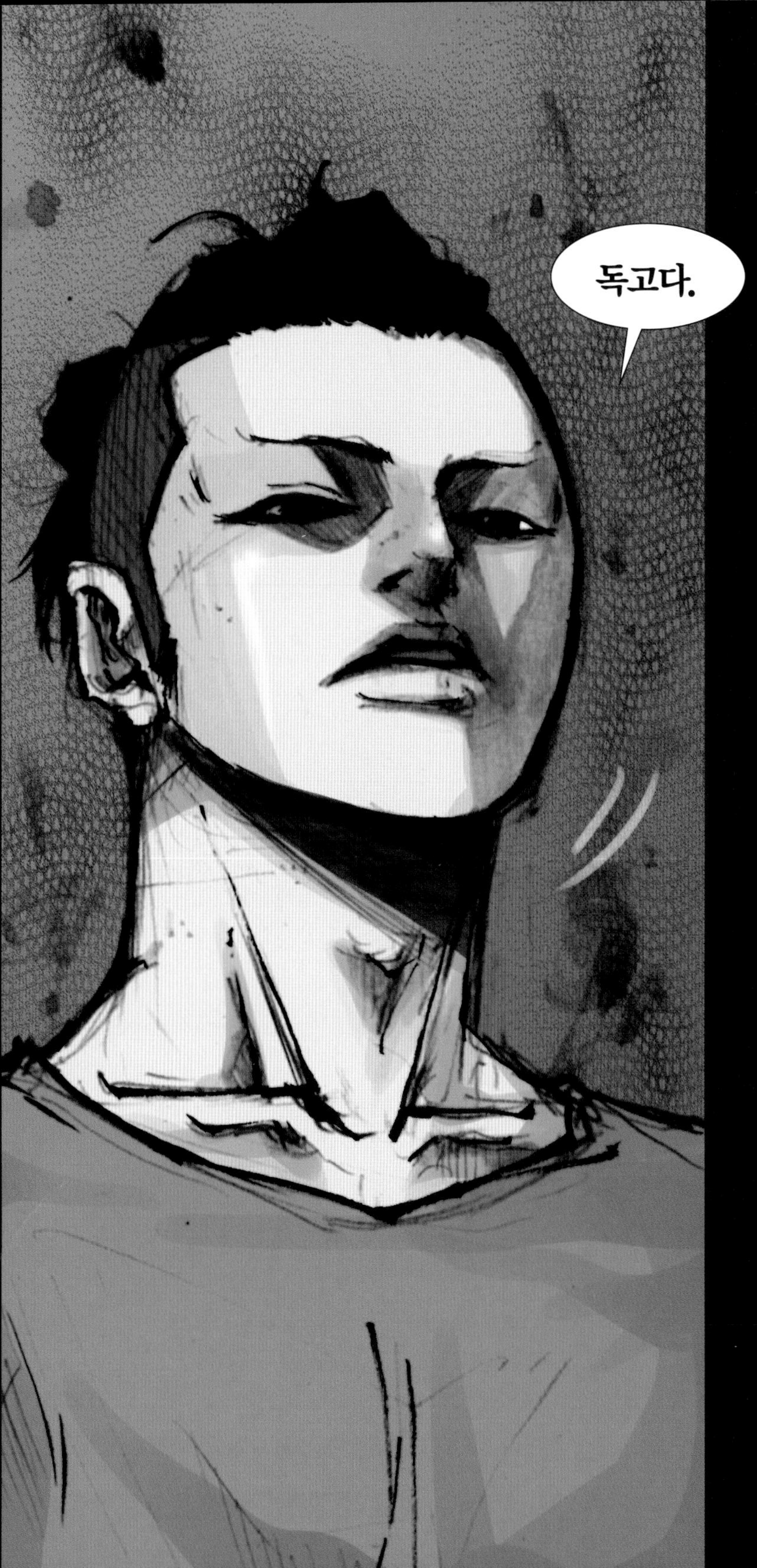

5권에서 계속

독고2 4

초판 1쇄 인쇄 2019년 6월 27일
초판 1쇄 발행 2019년 7월 15일

지은이 민 백승훈
펴낸이 김문식 최민석
편집 이수민 김현진 박예나 김소정 윤예솔
디자인 손현주
편집디자인 김철
제작 제이오

펴낸곳 (주)해피북스투유
출판등록 2016년 12월 12일 제2016-000343호
주소 서울시 성북구 종암로 63, 4층(종암동)
전화 02)336-1203
팩스 02)336-1209

ISBN 979-11-88200-82-5 (04810)
979-11-88200-78-8 (세트)

- 뒹굴은 (주)해피북스투유의 만화 브랜드입니다.